LAS GEMELAS DE SWEET VALLEY

# La Recién Llegada

Creado por
FRANCINE PASCAL

**SWEET VALLEY TWINS (Las Gemelas de Sweet Valley)**
**LA RECIÉN LLEGADA**
PRIMERA EDICIÓN, MAYO 1991

Derechos reservados conforme a la ley por: 1991 FERNÁNDEZ editores, s.a. de c.v.
Eje 1 Pte. México Coyoacan 321, Col. Xoco. Delegación Benito Juárez. 03330 Méxi-
co, D. F. (MÉXICO). Miembro No. 85 de la Cámara Nacional de la Industria Editorial
Mexicana. Se terminó de imprimir esta obra el día 21 de mayo de 1991 en los talleres
del editor. Publicación de 7,500 ejemplares más sobrantes de reposición.
ISBN 970-03-0221-0
**IMPRESO EN MÉXICO — PRINTED IN MEXICO**

# ¡El Plan Perfecto!

...*Elizabeth veía con gran incredulidad cómo Brooke salía de la fila frente al mostrador y se dirigía a la mesa ocupada por ella y sus amigas. Con tanta naturalidad como si hubiera sido invitada, la joven colocó su charola frente al lugar vacío junto a Lila.*

*—¡Espera un minuto, no te puedes sentar ahí! —exclamó Amy.*

*—Y, ¿por qué no? ¿Debo pedir permiso? —preguntó Brooke con tono burlón.*

*—Hay muchas mesas disponibles. ¡Ve y arruina el día de otras! Además, este lugar está ocupado —replicó Lila visiblemente molesta.*

*—¡Qué curioso! —comentó Brooke dirigiendo su mirada a la silla vacía—. A mí me parece que no lo está.*

*—No, en este momento. ¡Lo estamos apartando! —afirmó Elizabeth tratando de aparentar seguridad con sus palabras.*

*—¡Eso es! ¡Está reservado! —añadió Lila.*

*—¡Sí! —confirmó con vivacidad Jessica—. Ese lugar está reservado para mi hermana.*

*—¿Tu qué? ¿Qué quieres decir? ¡Tu hermana ya está aquí! —exclamó Brooke, por primera vez confusa.*

*—Mi otra hermana, ¿no lo sabías? ¡Somos trillizas! Ese lugar es para Jennifer —explicó Jessica.*

*A Elizabeth no le gustaba mentir, pero esta vez creía que alguien merecía sufrir alguna de las travesuras de su hermana...*

*Para Alexandra Nardi*

# *Uno*

◇

—¡Nunca había tenido tanta tarea en toda mi vida!
—se quejaba Jessica amargamente—. ¡No podré
terminarla y aprender a tiempo la nueva porra para
el juego de mañana!

—Mira, Jess, si tienes que escoger, adivino que
tendrás esa porra lista antes de dormir —comentó
su hermana Elizabeth.

Las dos jovencitas eran gemelas idénticas, con
largo y rubio cabello y ojos azul aguamarina. Sin embargo, Elizabeth sabía que en cuanto llegaba la hora de hacer la tarea escolar, parecían provenir de
planetas diferentes. A ella le gustaba leer y escribir
y casi nunca dejaba pendiente un trabajo escolar,
pero su hermana aprovechaba cualquier pretexto
para alejarse de sus deberes. Por eso ahora,
mientras regresaban de la escuela secundaria de
Sweet Valley, Lizzie no se sorprendió cuando su
hermana le hizo una urgente petición:

—Lizzie —dijo a su hermana en tono solemne—, sólo hay alguien en el mundo que puede ayudarme y eres tú, la más inteligente de toda la clase de inglés de sexto grado. ¡Apuesto que sólo te tomará un minuto de tu tiempo redactar uno o dos párrafos acerca del libro que leí!

—Jessica, ¿acaso me estás pidiendo que haga un resumen del libro para ti?

—¡Por supuesto que no, tontita! Únicamente quiero que lo empieces mientras yo practico —aseguró Jessica moviendo negativamente la cabeza al tiempo que su rubio pelo, recogido en una graciosa cola de caballo, se movía con vigor—. Después de todo —continuó—, no te gustaría que tu hermana menor hiciera el ridículo como capitana de porristas, ¿o sí?

Elizabeth había nacido sólo cuatro minutos antes que su hermana y ambas siempre hacían bromas respecto a la edad. Algunas veces Lizzie realmente se sentía más madura y responsable que su testaruda gemela. Era más paciente y previsora mientras que Jess parecía sólo disfrutar la diversión sin medir las consecuencias. Por tal motivo, siempre que ésta se encontraba en problemas, solicitaba ayuda a su hermana mayor para quien, pese a todo, era imposible imaginar la vida sin su querida hermana gemela.

—Te diré qué haremos, Jess —convino Lizzie, quien sabía cuál era el momento preciso para pedir la cooperación de su hermana para el periódico—. Empezaré el resumen de inglés, siempre y cuando me consigas la entrevista que necesito para el periódico *Voces de Sweet Valley.*

—¿A quién quieres entrevistar? —preguntó Jessica con cautela, porque aunque le encantaba leer los más recientes chismes publicados en el *Voces*, no la entusiasmaba participar en él; lo consideraba aburrido y trivial.

—Es fácil —aseguró su hermana—. El señor Bowman quiere un artículo especial para presentar a la nueva alumna de sexto grado. Le informé que ya la vimos por nuestro vecindario. ¿Recuerdas? La que se cambió a la casa de los Logginses.

—¿Te refieres a la odiosa Dennis? —preguntó Jess, deteniéndose a media calle para mirar a su hermana—. ¿Quieres que yo hable con esa detestable? ¡Nunca le volveré a dirigir la palabra, excepto para decirle lo que realmente pienso de ella! —afirmó Jessica, apretando sus libros contra el pecho, al tiempo que veía solemnemente a la que era su viva imagen.

—Sé que tú y Brooke Dennis no son exactamente buenas amigas, pero yo pensé... —dijo Lizzie, sin poder terminar su frase.

—¡Debes estar loca si piensas que voy a hablar con alguien a quien toda la escuela va a lamentar haber conocido! ¡Prefiero hacer mi tarea! —concluyó molesta.

Jessica de verdad no simpatizaba con Brooke Dennis. En general, hacía hasta lo imposible con tal de evitar hacer sus tareas, pero esta vez era diferente, no podía aceptar semejante propuesta. Elizabeth aún recordaba cómo Jess describió a Brooke cuando se la encontró camino a casa: "¡Es la persona más petulante que he conocido!" y, obviamente, su opinión no había cambiado.

—Traté de presentarme yo misma y ser amigable —rememoró Jess—. ¡Pero ella demostró claramente que no deseaba tener amigas! ¿Por qué insultó a la pobre perrita Sally cuando la señora Bramble la puso a mi cuidado?

—Caroline Pearce dice que el papá de Brooke es un famoso argumentista de cine y que está gastando una millonada en redecorar la casa. Incluso se enteró de que Brooke terminaría la escuela antes de que su familia acabe de mudarse a Sweet Valley —agregó Jessica con mirada desafiante—. ¡La odiosa Brooke está liquidada! ¡Me aseguraré de que ninguno de mis amigos la trate y, cuando eso suceda, hará bien en marcharse a terminar su escuela a otro lugar, porque aquí no podrá hacerlo! —finalmente sentenció Jess.

Elizabeth sabía que su hermana tendía a formarse opiniones prejuiciosas sobre la gente, a menudo injustas. En cambio, ella prefería dar una segunda oportunidad a todos.

—Tal vez no sea tan mala, Jess. Dice Caroline...

—Y, ¿qué tan experta es Caroline para juzgar a alguien a quien no conoce? —rebatió Jessica furiosa—. ¡La chismosa Pearce es una tonta de tiempo completo!

—Sé que Caroline algunas veces habla sin pensar —admitió Elizabeth—. ¡Pero yo prefiero escuchar a alguien inteligente y libre de prejuicios, alguien que diga cosas agradables, en lugar de perder tiempo odiando a personas que apenas conozco!

Mientras las gemelas continuaban su camino a casa, Jess decidió que lo último que deseaba era pelear con su hermana.

—Lizzie —dijo con su más dulce voz—, no echemos a perder una hermosa tarde, peleando por ya-sabes-quién —suplicó—, mejor... ¡propongo una carrera al refrigerador! —invitó Jess mostrando su hermosa sonrisa al tiempo que se adelantaba a su hermana para llegar primero a la cocina estilo español de la casa a desnivel de los Wakefield; mas cuando Elizabeth llegó al refrigerador, su hermana ya se encontraba hurgando en una caja de pastelitos diversos.

—¿De dónde llegaron estas cosas? —inquirió golosa Jess, mientras seleccionaba un delicioso pastel de la caja—. ¡Creí que habíamos terminado con todo ayer, cuando hicimos la tarea de matemáticas!

El día anterior, las gemelas habían consumido dos bolsas de papas fritas y seis refrescos enlatados, y al mismo tiempo resolvieron tres capítulos de su libro de matemáticas.

—¡Quédense donde están! —advirtió con voz firme Steven, el hermano mayor, apuntándoles con los dedos como si fueran revólveres—. ¡Un bocado más y ambas comerán polvo! ¡Es una orden y recuerden que soy «la pistola más rápida del Oeste»!

—¡Y el tragón más veloz! —agregó Elizabeth introduciendo un pastelillo en la boca de su hermano.

Steven era alto y moreno, muy parecido a su padre, y aun cuando a menudo las molestaba, a Elizabeth, algunas veces, le parecía muy simpático. Jess también consideró graciosa la actuación de su hermano como vaquero.

—El hecho de ser el estudiante ideal, no significa que puedas decirnos lo que debemos hacer. Además —replicó Jessica encañonando con su dedo las costillas del joven para provocarle cosquillas—, quisiera saber, ¿quién es el pistolero valiente que pueda impedírmelo?

—¡Hey, jovencitas! ¡Es en serio! Mami me dijo que había comprado algunos postres para convidar a un cliente importante, por lo tanto, creo que si estas golosinas han desaparecido para cuando ella regrese a casa, ¡ésta será nuestra última reunión!

Al oír esto, las gemelas se miraron una a la otra, y luego a la caja semivacía. Rápidamente, Jessica cerró y amarró la caja de pastelillos y la colocó nuevamente en el refrigerador.

—Tal vez, el cliente de mamá esté a dieta —exclamó esperanzada Jessica.

—No lo creo. Más bien, parece tener muy buen apetito —corrigió una voz femenina desde la puerta de la cocina.

Todos voltearon hacia donde provenía la voz y descubrieron la figura esbelta y el cabello rubio de la señora Wakefield, quien dejaba su portafolio sobre una de las sillas de la cocina.

—De cualquier manera, no se preocupen. Por experiencia sé que siempre debo tener algo de reserva —dijo la señora.

Reunió a sus hijos y los condujo hasta el refrigerador, abrió la puerta y sacó otra enorme caja de cartón desde el fondo del mismo. Cuidadosamente, colocó el paquete sobre la mesa y mostró con satisfacción y orgullo el más grande pastel de limón jamás visto.

—¡Cielos! ¡Tu cliente debe ser alguien muy especial para dispensarle semejante trato! —expresó Steven sorprendido.

—En efecto, el señor Dennis es un famoso argumentista de cine y ha solicitado a mi compañía decorar su casa y oficina. Pero, como también es nuevo en la ciudad, deseo mostrarle el agrado que nos causa su llegada a Sweet Valley.

Una vez más, las gemelas intercambiaron miradas. Pero esta vez su preocupación no era precisamente por la comida.

—¿Te refieres a los Dennis que se están mudando a una cuadra de aquí? —inquirió Elizabeth sin poder ocultar su inquietud. Sabía que, por el trabajo de su mamá, algunas veces tenían visitas interesantes. Pero en esta ocasión ¡sólo significaba que aumentarían los problemas!

—¿Quieres decir que vendrán aquí? ¿Esta noche? —preguntó Jessica lanzando miradas relampagueantes de enfado.

—Como respuesta para ambas, les diré que sí —afirmó la señora y tomando con sumo cuidado la caja, sacó el pastel para colocarlo sobre una charola de servicio—. Además, ¡me propongo ganar! Les apuesto que cuando sepan para cuál famosa película escribió el señor Dennis, correrán a pedirle su autógrafo —añadió mirando a su hijo.

—¡No puede ser tan famoso! Ninguna persona importante ha venido a vivir a Sweet Valley —aseguró Steven.

—Yo no estaría tan segura. Vale la pena vivir en este lugar donde el cielo es azul y blanca la arena de sus playas. Al menos eso opina el escritor de *Travesuras motorizadas*.

—¿*Travesuras motorizadas*? ¿Quieres decir que el creador de una de las mejores películas va a ser nuestro vecino y viene a casa esta noche? —preguntó sorprendido Steven, sin poder ocultar su asombro y emoción.

Por supuesto, Jessica no estaba impresionada en lo absoluto; aunque había visto la película también, conocía a Brooke Dennis y nada ni nadie la haría cambiar de opinión.

—¡Esto únicamente comprueba que el dinero y la fama no son todo en la vida! El importante señor Dennis no ha podido comprar sentimientos humanos para su hija —expresó desdeñosa Jessica.

—Jess, tengo la impresión de que tu opinión acerca de Brooke Dennis cambiará con la primera tajada de pastel esta noche —pronosticó la señora.

—Y yo tengo la impresión de que preferiría morir —aseguró la chica, mas observando la reacción de su familia al oír esas palabras, agregó—: Déjenme explicar: Brooke Dennis intentó golpear a la perrita de la señora Bramble cuando yo la llevaba de paseo —Jess continuó describiendo, con lujo de detalle, la conducta grosera que mostró Dennis con la mascota y con ella, cuando lo único que deseaba era saludarla amigablemente.

—¿Por qué alguien desearía pegar a un viejo e indefenso animal? —preguntó Steven, quien aún guardaba algunos recuerdos de Sally—. Ella está casi ciega y no dañaría ni a una mosca.

Hacía poco tiempo que la familia se hizo cargo, durante un fin de semana, de la perrita Sally mientras la señora Bramble visitaba a su familia.

—Por lo visto, Sally no tiene pedigrí, como para satisfacer a la esnobista Dennis. En cuanto ella se acercó a Dennis, ésta se puso como loca —informó Jess mirando a todos y recordando la forma como la muchacha dio de puntapiés a la perrita—. La señorita «sofisticación» dijo ser experta en perros y que Sally era un ejemplar corriente.

—Bueno, a pesar de que esa niña sea tan antipática como dices, ¡me muero por conocer a su padre! —expresó lleno de júbilo Steven, mientras tomaba su camiseta de basquetbol—. Además, Jess, espera a conocerla y tal vez no te caiga tan mal. ¡Nos vemos más tarde! —se despidió de toda la familia sin hacer más comentarios.

Mientras se cerraba la puerta, Jess no podía entender cómo alguien podía defender a Brooke, ¡aun sin conocerla!

—¡Ya lo verán! —sentenció Jessica a su hermana y a su mamá.

Eso era exactamente lo que Lizzie había decidido hacer. A pesar de haber conocido sólo superficialmente a la joven recién llegada y coincidir con la opinión de su hermana, Elizabeth pensaba concederle una nueva oportunidad.


Esa tarde, Lizzie se encontraba en su escritorio haciendo su tarea mientras su hermana ensayaba sus rutinas frente al espejo de su cuarto. Ignorando la concentración de su hermana, Jess, colocada atrás de la puerta abierta, gritaba, como si se encontrara ante el público, la porra de las Olimpias:

—¡Denme una B!

Elizabeth se tapaba los oídos y trataba de pensar en su redacción acerca de *Belleza negra*. Pero, nada bastaba para no oír los gritos:

—¡Ahora denme una R! —continuaban las exclamaciones de Jessica.

Lizzie estaba segura de que Anna Sewell, autora del libro, no había tenido ni la mitad de problemas para escribirlo de los que ella tenía en ese momento para sólo redactar un resumen. Decidió levantarse, caminar hacia el baño que separaba sus recámaras y cerró con estruendo la puerta.

—¡Denme ahora: A-V-O! ¿Qué te pasa? —preguntó Jess sin recibir respuesta.

"¡Llevo hecho un párrafo, y eso es todo lo que podré hacer si continúa este escándalo!", pensó Elizabeth mientras regresaba muy molesta a su habitación, tratando de continuar con el resumen.

—¡Bravo, adelante! —rugió desde su cuarto, e irrumpió, dando marometas al cuarto de su hermana, finalizó con un vuelo que la hizo aterrizar en medio de la cama de Lizzie—. ¡No está bien! —anunció enojada, doblándose sobre su estómago y balanceando sus largas piernas bronceadas—. Mas no puedo pensar sino en el asunto de esta noche con Brooke Dennis.

—¡Y yo no puedo pensar en nada! ¡Punto! ¿Podrías mantener tu puerta cerrada? Si yo no termino el resumen, no podré tener oportunidad de pensar en la nueva muchacha. ¡Tendré que permanecer en mi cuarto y olvidarme del postre! —le reprochó Lizzie sumamente enfadada.

—¡Eso es! Me diste el mejor pretexto del mundo para no ver a Brooke: Diré que tengo mucha tarea —replicó Jess.

—Existe un problema, hermanita —dijo riéndose Elizabeth y abandonó su escritorio para sentarse al lado de su hermana—. ¿Cómo esperas hacer creer que Jessica Wakefield permite que una tarea se interponga en el camino de un sabroso pastel de limón con merengue? —preguntó.

—¡Tienes razón! —apuntó Jess—. ¡Entonces tendré que enfermarme! Lo cual no sería difícil... pues me siento muy descompuesta desde que pienso en Brooke Dennis. ¿Sabías, Lizzie, que ella vestía falda y medias transparentes este fin de semana? ¡Parecía modelo de alguna revista! —añadió mirando a su hermana.

—Bueno, eso debería gustarle a tus amigas, ¿o no? —replicó Lizzie con cierto sarcasmo.

—Ríete cuanto quieras, Lizzie, ¡pero te arrepentirás por no haberme escuchado! —pronosticó Jessica algo molesta.

—Ambas lamentarán perder la gran cena que su mamá acaba de preparar —informó sonriente el señor Wakefield, asomándose por la puerta del cuarto.

Cuando los tres bajaron, Steven y la señora ya habían puesto la mesa. El olor del delicioso asado de res inundaba la cocina.

—¡Mmmm! ¡Llegamos a tiempo! —exclamó Elizabeth con deleite.

—¡Un momento! ¡A tiempo para ayudar! —reclamó el hermano.

La cena estuvo deliciosa y como Jessica la disfrutó tanto no se acordó de la visita, hasta que oyó sonar el timbre de la puerta principal. Lizzie miró a su hermana, quien aún sorprendida, repentinamente se dobló sobre la mesa.

—¡Ay! ¡Creo que comí demasiado —se quejó amargamente cuando se dirigía a su recámara—.

Pero guarden un pedazo de pastel para mí, ¡tal vez me sienta mejor más tarde! —añadió la gemela al pasar junto a su madre, quien se dirigía a abrir la puerta donde, seguramente, ya aguardaban Henry Dennis y su hija.

# *Dos*

◇

—¡Bienvenidos! ¡Deseábamos tanto conocer a Brooke! —afirmó amablemente la señora Wakefield, mientras observaba a la alta y esbelta jovencita que acompañaba al señor Dennis. La muchacha siguió a la señora Wakefield y a su padre hacia la acogedora sala; era realmente hermosa y aunque levantaba la nariz con cierta arrogancia, existía elegancia y delicadeza en sus movimientos, resaltando sus extraordinarios ojos café oscuro que hacían juego con su hermoso cabello rizado.

—Me temo que no podrán conocer a la familia completa. Uno de nosotros cenó demasiado y tuvo que retirarse —se disculpó la señora, una vez que se hubieron presentado y acomodado en la sala.

—¡Comprendo, señora! Brooke y yo acabamos de comer la langosta más grande que he conocido y, para ser franco, no necesité ayuda alguna —confesó gentilmente el señor Dennis.

—¡Pues a mí no me gustó! —contradijo Brooke, afeando su bello rostro con su mirada de enfado.

—¡Perfecto! Eso significa que habrá lugar para esto —expresó la señora Wakefield disponiéndose a cortar el pastel de limón con merengue que estaba en la mesa de servicio.

—¡Hurra! ¡He estado esperando este momento toda la noche! —exclamó alegremente Steven mientras su madre terminaba de servir a los invitados.

—No, gracias —respondió Brooke cuando su anfitriona le ofreció una rebanada de pastel.

—¡Se ve muy delicioso, querida! ¿Por qué no pruebas un poco? —insistió el señor Dennis.

—Prefiero la comida de casa —replicó Brooke un poco ceñuda.

—Tal vez te gustaría subir a mi alcoba para escuchar el más reciente disco de Johnny Buck —sugirió Elizabeth, quien opinaba que la nueva chica no estaba poniendo nada de su parte para ganar simpatías. "Tal vez, aún extrañaba a sus antiguos amigos y se sentía sola", pensó la gemela.

—No me gusta Johnny Buck. Sólo escucho música clásica —contestó Brooke fríamente colocando sus manos sobre su impecable falda plisada.

—Me temo que soy responsable de eso —reconoció Henry Dennis y prefirió dar una explicación—. Verán, en casa los únicos discos que existen son míos, y Brooke pasa la mayor parte del tiempo escuchándolos. Le he sugerido salir más a menudo con personas de su edad...

—Si hiciera eso, ¡me moriría de aburrimiento! —interrumpió Brooke mirando fijamente a Elizabeth y luego al joven que hacía ruido al masticar.

Conforme el tiempo transcurría, la poca simpatía que Lizzie había sentido, desaparecía irremediablemente. Su familia intentó de mil maneras hacer sentir a gusto a su presuntuosa invitada, pero todo fue inútil. Cuando la señora preguntó a Brooke acerca de los colores que le gustarían para su nueva recámara, la chica se esforzó por ser más antipática todavía.

—No necesito que nadie decore mi cuarto —contestó en forma grosera—. Además, éste nunca será tan bonito como el que tenía —añadió con notada melancolía.

—Las mudanzas siempre son difíciles. Pero le aseguro que cuando tenga nuevos amigos, las cosas cambiarán —dijo comprensivamente el señor Wakefield al padre de la chica.

—¡No necesito un cuarto nuevo ni tampoco nuevos amigos! —declaró exasperada Brooke.

Para cuando los Dennis se despidieron, Jess se moría de curiosidad; por lo cual, tan pronto como escuchó los pasos de su hermana, corrió hacia el baño que dividía las recámaras de las gemelas y abrió la puerta.

—¡Cuéntame! —suplicó ansiosa y se arrojó a la cama dispuesta a escuchar atentamente.

—Sólo te diré una cosa, Jess, si no puedo terminar mi tarea de inglés, tendrás peores problemas conmigo de los que ya tienes con mi mamá —advirtió Lizzie a su hermana.

—¿Por qué, Lizzie? ¿Qué quieres decir? —preguntó Jess angustiada, abriendo sus hermosos ojos.

—Mamá sabe que tu dolor de estómago fue puro teatro, casi tan malo como el de Brooke.

—¡Lo sabía! ¿Verdad que es odiosa de lo su-perpeor? —inquirió la jovencita.

—Lo admito, tenías razón. Brooke Dennis es la persona más grosera que jamás haya conocido. Esta noche no golpeó a ningún perro, sin embargo, hizo cuanto pudo para molestarnos a todos —confesó Lizzie.

—¡Y pensar que deberemos soportarla en la escuela! —gimió Jess, mirando dramáticamente al techo de la recámara.

—¡Peor aún! ¡Tendremos que acompañarla a la escuela! —reveló Lizzie.

—¿Qué? —gritó Jessica aterrada. El cotilleo sobre Brooke perdía toda su gracia.

—¡Es verdad! Mañana irá Brooke por primera vez a la escuela, por ello su padre pidió a mami que pasáramos por su hija. Por supuesto, ella accedió y dijo que no había problema, que lo haríamos gustosas —explicó Lizzie compungida.

—¡Para mamá es fácil concederlo! ¡Como ella no tiene que exhibirse con la chica más pedante del mundo! ¿Cómo explicaré esto a las unicornios? —se quejaba angustiada Jessica, cubriéndose la cabeza con la colcha.

Las unicornios formaban un exclusivo club, al cual Jess pertenecía. Lizzie sabía lo importante que era esta membresía para su hermana. Aun así, un grupo de niñas que se autonombraban las unicornios, porque pensaban que eran «bonitas y especiales», parecía bastante ridículo.

—Me supongo que tu elitista pandilla realmente te desaprobaría, ¿no es verdad! —inquirió Elizabeth, de una manera por demás sarcástica.

—¡Vamos, Lizzie! Sólo porque mis amigas suelen ser populares y visten a la última moda, no significa que sean «elitistas».

—Tal vez no. Pero seguramente pasan más tiempo platicando de modas y muchachos, que en tratar de ser amigables. Además, actualmente estoy mucho más interesada en caballos que en unicornios. Y, a decir, verdad, después de tratar con Brooke aun mi tarea me parece sumamente agradable —comentó Lizzie dirigiéndose a su escritorio para continuar con su resumen de la novela sobre el bello potro negro.

—Bueno, y ya que estás tan entretenida, disfrutando como si estuvieras en un baile, por qué no haces dos tareas y así te divertirás doblemente —sugirió Jess con picardía.

—¡Buen intento, hermanita, pero no me convencerás! Debo ir a la cama temprano o no tendré paciencia para soportar a Brooke mañana durante el trayecto a la escuela. ¡Desearé mandarla a volar cuanto antes! —contestó Lizzie.

—¡Bien! —exclamó Jess, como heroína de telenovela—. Si el señor Bowman supiera lo que estoy obligada a hacer, seguramente no me exigiría tarea alguna. Toda la semana pasada estuve haciendo el dibujo para esa horrible feria del libro en apretada oposición con Nancy Drew, y ahora, por si no fuera suficiente, tengo que llegar acompañada a la escuela por la más petulante chica del mundo. ¡Mañana seré la comidilla de todos! A menos que... ¡me duela el estómago y no pueda ir! —exclamó Jess, feliz con su nueva idea, al tiempo que iniciaba su más dramática actuación—. ¡Sí, esto será lo mejor, Lizzie! Todo mundo sabe que tu amabilidad te permite ser generosa con quien sea, ¡pero yo no puedo darme el lujo de ser vista con esa clase de persona! ¡Piensa en lo que eso sería para mi reputación! —agregó dirigiéndose a su cuarto.

Jessica daba más importancia a su popularidad que su hermana Lizzie y aunque ambas fueran idénticas, no podían ser más diferentes en cuanto a la selección de sus amistades. Jess, por su parte, deseaba conocer únicamente a muchachas bonitas, mientras Lizzie se acercaba a aquellas que demostraban ser interesantes e independientes. Sin embargo, por lo que concernía a Brooke Dennis, esta vez las gemelas estaban de acuerdo.

—No será fácil. La antipática Dennis puede no ser buena para tu imagen, Jess, y para mi humor tampoco, pero mucho me temo que no podremos evitar lo de mañana. ¡Deberemos afrontarlo y hacerlo de la mejor manera posible! —sugirió Lizzie totalmente resignada.

Sin embargo, a la mañana siguiente todo parecía estar peor que nunca. Elizabeth se dio vuelta en su cama e inmediatamente recordó con quien iría a la escuela. Decidida a enfrentar la situación con valor y paciencia, se levantó y se dirigió al baño. Asomó la cabeza al cuarto de su hermana y, como de costumbre, ésta apagaba su radio-despertador y se acomodaba nuevamente entre sus cobijas.

—¡Ya levántate y arréglate, Jess! —urgió desde el baño donde se encontraba cepillándose los dientes frente al espejo.

—¡Imposible! No pude dormir bien, tuve «pesadillas Brooke» toda la noche —se quejó amargamente Jess, tapándose nuevamente con las sábanas.

—Bueno, tal vez usar mi nueva cinta de pelo te haga sentir mejor —sugirió Lizzie alegremente.

—¿Te refieres a la blanca?

—Sí, y creo que levantará tu ánimo durante el largo camino a la escuela acompañada por Brooke —dijo Lizzie a su hermana.

—¡Gracias, Lizzie! Combinará perfecto con mi nuevo chaleco morado. Pero no cuentes conmigo para ir con ese monstruo. ¡Ya tengo un plan! —exclamó la chica levantándose rápidamente para dirigirse al cuarto de su hermana a tomar el adorno para el pelo que se encontraba en un cajón del closet. Después, todavía un poco adormilada, se levantó el pelo y miró al espejo.

—Jess, recuerda que mamá prometió al papá de Brooke que la acompañaríamos a la escuela y tú no querrías arruinar un prospecto de mami, ¿verdad? —recordó Lizzie a su hermana quien estaba muy entretenida admirándose en el espejo.

—¡Mira esas horribles y gigantescas ojeras que tengo! ¡Me veo espantosa y todo por culpa de Brooke Dennis! Seré el «hazmerreír» de toda la escuela y no podré ver a la cara a nadie, ¡especialmente a las unicornios! —exclamó Jess, llena de enfado y amargura, mirándose aún al espejo.

—¿Te puedo recordar, Jessica Wakefield, que somos gemelas idénticas y que si tú luces espantosa, yo también? —inquirió Lizzie a su hermana, que se encontraba parada frente al espejo.

—Si luzco tan bien como tú, Lizzie, entonces no tengo nada de qué preocuparme —comentó Jess, quitándose el listón blanco y colocándolo en la cabeza de su hermana—. ¿Por qué no tomas mi lugar en la escuela el día de hoy? Podemos decir a mamá que estás enferma; ella sabe que tú nunca mentirías por algo así.

—¡Con que ésas tenemos! Tenemos, según creo, un acuerdo de no cambiar papeles. Además... —recordó a su hermana—, sabes perfectamente bien que mami sí puede diferenciarnos. Así pues, vístete y date prisa. ¡Las dos iremos a la escuela hoy! —concluyó indignada Lizzie.

Pero Jessica no se daba por vencida tan fácilmente. Durante el desayuno, según Lizzie sospechaba, su hermana ya tenía otro plan para evitar ir a la escuela en compañía de Brooke. Tan pronto como Jess terminó con sus huevos tibios y su emparedado de tocino, se levantó de la mesa y corrió hacia su cuarto sólo para regresar un minuto más tarde llevando consigo un enorme dibujo.

—¿Qué les parece este cartel de cuentos de hadas para la feria del libro? —preguntó a todos mientras lo sostenía frente a su cara.

Todo mundo estuvo de acuerdo en que era muy bonito. Los colores brillantes usados por Jess, resaltaban la portada de uno de sus cuentos favoritos.

—Realmente lo hiciste con mucho cuidado, cariño —comentó gentilmente la señora Wakefield mientras miraba con aprobación el cartel—. Aun si no gana un premio, deberás sentirte orgullosa —agregó la señora.

—¡Lo ganará! —afirmó con toda seguridad la jovencita—. Bueno, sólo si puede llegar a salvo a la escuela. ¡Es demasiado grande para llevarlo tan lejos y caminando! —agregó con preocupación.

—¿Estás pidiendo un «aventón» a la escuela, jovencita? —preguntó el señor Wakefield, mientras ponía el periódico dentro de su portafolio—. Si la respuesta es afirmativa, entonces te hago saber que "¡el tren sale en este momento!..."

—¡Oh, Lizzie! Siento no poder ir a la escuela contigo y con Brooke, pero la integridad de mi trabajo es primero. ¡Te veré más tarde en el colegio, hermana mayor! —se despidió Jess, cuidando que su voz sonara realmente apenada y, apresurándose, subió al coche de su papá.

—¡Qué actuación! Seguramente Jessica va a ganar un «Óscar» uno de estos días —exclamó Steven aplaudiendo a su hermana.

—¡Por lo menos en seguridad! —ponderó Elizabeth muy a su pesar.

Llegó la hora en que la señora Wakefield también debía ir a su trabajo. Recogió su saco y el portafolios y se encontró con su hija a quien besó a manera de despedida.

—Querida, sé que Brooke Dennis no es la chica más encantadora del mundo, pero estoy segura que tú eres la única persona que sabrá cómo suavizar esa arrogancia —expresó tiernamente la señora antes de despedirse.

—Elizabeth tal vez pueda «bajarle los humos» a Brooke, pero me pregunto si también podrá bajarle la cabeza —reflexionó Steven.

—Si hay alguien que pueda hacerlo, es Elizabeth —afirmó la señora removiendo amorosamente el pelo a su hijo y dirigiéndose hacia la puerta—. No olviden cerrar con llave —pidió la señora a sus hijos, mirándolos de reojo.

Complacía a Lizzie que su mamá confiara en ella, pero tan pronto como se despidió de su hermano y se encaminó a la casa de Brooke, la confianza en sí misma iba desapareciendo. Y todo empeoró cuando pudo vislumbrar a la chica, quien la esperaba impaciente parada junto a su puerta.

—¿Por qué tardaste tanto? ¿Llevaste a pasear a tu destartalado perro? —preguntó Brooke con burla, cuando Elizabeth llegó hasta ella.

—No, me estás confundiendo con Jessica. Mi papá le dio un «aventón» a la escuela y la veremos un poco más tarde.

—Puedo soportarlo; me alegra que sólo este día iré contigo al colegio —comentó con sarcasmo la chica, mientras giraba su cabeza haciendo flotar su largo y hermoso cabello castaño oscuro. Como de costumbre, vestía impecable; su blusa y falda combinaban a la perfección con sus pequeños aretes de esmeraldas.

—¿Ya tienes el horario de clases? —preguntó Lizzie tratando de ser afable.

—No, pero tampoco me importa —contestó Brooke malhumorada.

—Pensé que tendríamos algunas clases juntas —comentó Lizzie, pensando que esto era peor de lo que había supuesto; sin embargo, decidió no darse por vencida y continuó su charla—: Bueno, si te interesa colaborar en el periódico de las alumnas de sexto grado, puedes hacerlo, siempre estamos necesitando redactoras...

—No te preocupes, tengo cosas más importantes en que ocupar el tiempo que escribir para un tonto periódico de la escuela.

En ese momento, Lizzie se obligó a guardar la calma porque no deseaba decepcionar a su madre; además, el señor Bowman quería una entrevista de Brooke para el periódico. ''Tal vez si cambiaba el tema...'', pensó la gemela.

—Brooke, seguramente tienes una vida muy emocionante al lado de tu famoso padre. ¿Cómo es todo en Hollywood?

—¡Oye! Así como no tienes ganas de caminar conmigo a la escuela, tampoco las tengo yo, así que vamos a hacerlo menos molesto, evita todas las veinte preguntas de rutina, ¿de acuerdo? —dijo Brooke mostrando la misma expresión dura y fría de la noche anterior.

Elizabeth no necesitaba contestar, así que guardó silencio el resto del camino a la escuela. En verdad hubiera preferido caminar con cualquiera otra persona, menos con la «odiosa Dennis».

# *Tres*

◇

Para cuando las dos chicas llegaron a la escalinata principal de la escuela de Sweet Valley, Elizabeth se sentía cansada y furiosa. Generalmente, iniciaba su día escolar llena de energía y ganas de platicar con sus amigas; ese día, por el contrario, hubiera preferido esconderse en el hoyo más profundo antes que presentar a Brooke Dennis a sus compañeros. Por desgracia, dos de sus mejores amigas las alcanzaron en la puerta: Amy Sutton y Julie Porter, quienes colaboraban con ella en el periódico.

Amy, alta y un poco pasada de peso, era la amiga favorita de Lizzie y aunque Jess hacía mofa de la timidez e ingenuidad de la chica, aprobaba el tranquilo humorismo de Amy. Por otra parte, Julie era muy distinta: bonita, sociable y bastante independiente.

—¿Adivinas quiénes serán las tres bellas reporteras que tienen cita con el señor Bowman después de clases? —interrogó Julie con una mirada que reflejaba toda la emoción que ésta sentía.

—¿Quieres decir que el señor Bowman está de acuerdo con nuestra idea de crear una nueva columna sobre música? —preguntó Lizzie tan contenta que casi olvidó la desagradable presencia de Brooke.

La campana sonó y todos entraron corriendo a la escuela haciéndolas a un lado. De repente, Elizabeth recordó que no había presentado a la chica.

—Amy y Julie, tenemos un nuevo miembro en nuestra escuela. Ella es Brooke Dennis, quien se acaba de mudar a esta ciudad junto con su padre —presentó Lizzie, al tiempo que caminó hacia la inmóvil muchacha—. Brooke, éstas son mis amigas: Amy Sutton y Julie Porter.

—Déjenme decirles sólo una cosa: me da mucho gusto que sean tan buenas amigas como dicen, pero si piensan que voy a ser parte de su pequeña familia, ¡olvídenlo desde este momento! —respondió Brooke al tiempo que miraba desdeñosamente a las tres chicas.

Los ojos de Amy parecían querer salir de sus órbitas. No podía creer lo que acababa de escuchar. Julie, sin embargo, reaccionó rápidamente.

—Por fortuna, ¡nadie te lo ha pedido! Elizabeth sólo quería ser amable y educada; algo que tú ignoras, ¡por supuesto! —replicó Julie bastante molesta por la actitud de la nueva chica.

—Pero sí sé que mi estancia en este lugar será demasiado corta como para querer conocerlas y estoy segura de que podré vivir sin su amistad —respondió fríamente Brooke cuando sonaba la última campanada de entrada a clases.

La paciencia de Elizabeth se esfumó por completo y decidió ver a la recién llegada sólo como nueva compañera de clases y no tenerla en el mismo grupo. ¡Deseaba terminar el día tranquila!

Para su fortuna, Brooke había sido asignada a otro grupo de sexto año. Eso significaba que ni Lizzie ni su hermana tendrían que soportarla todas las mañanas aunque, por desgracia, la nueva chica fue inscrita en la misma clase de civismo que Jessica. Elizabeth conocía el desagrado de su hermana por la clase de la señorita Arnette y no quiso imaginar lo que sucedería ahora que se enterara de la presencia de su nueva compañera. Y, en realidad, no estaba muy alejada de la verdad: tan pronto como Jess ocupó su lugar en la clase de civismo y descubrió la presencia de la nueva compañera, Brooke, los problemas empezaron.

—¿Cuál de las «graciosas» gemelas eres tú? —preguntó Brooke—. ¡Como si me importara! —añadió despectivamente.

—Soy Jessica —contestó ésta con enojo.

—¿Ah, sí? La que sufría un tonto dolor de estómago. ¿Te curó tu mamita?

—¡Sí! Aquél desapareció; pero contigo, ¡ahora lo que me duele es el cuello! —respondió Jess, quien no tenía la paciencia de su hermana.

Por fortuna, Brooke no tuvo tiempo de contestar. La profesora empezó a pasar lista y uno por uno los estudiantes iban respondiendo. De repente, cuando la maestra llegó a la ''P'', de Pearce, Caroline, cuyo pupitre estaba enfrente del escritorio, en lugar de contestar como de costumbre, lanzó un chillido y se llevó la mano a la mejilla.

—¡Por Dios, querida Caroline! ¿Qué pasa contigo? —preguntó la profesora y se acercó a la jovencita para examinarle la cara.

Jessica y la mayoría de sus compañeros de grupo habían visto cómo Charlie Cashman, quien siempre estaba dispuesto a jugar bromas pesadas a todo mundo, había sacado una liga, la estiró hasta donde pudo como tensando un arco y la lanzó contra su compañera. Charlie, complacido con su broma, se golpeaba el pecho con los puños. Muchos de sus compañeros empezaron a reír, lo cual agradó mucho al joven.

—Yo le diré lo que pasa. Ese muchacho lanzó una liga y por supuesto a todos en este grupo les hizo mucha gracia —denunció Brooke desde su lugar a un lado de Jessica, a quien miró fijamente para después señalar al joven, sorprendido por la acusación que le hacía la chica.

Se hizo un silencio mortal en el salón, inclusive la profesora estaba consternada.

—¡Vaya, lo que necesitamos! ¡Un espía del FBI! —comentó Caroline, defendiendo a su victimario en forma increíble, en lugar de estar enojada por la agresión sufrida.

Al oír este comentario, todo el grupo rompió en carcajadas a excepción de una chica. Todos rieron, a pesar de que esta actitud no mostraba ningún sentimiento caritativo. La excepción era la propia Brooke Dennis, quien hizo un gesto aprobatorio cuando la maestra informó a Charlie que debería quedarse después de clases, y advirtió al resto del grupo que todos serían castigados de no comportarse de la mejor manera posible.

La popularidad de Brooke no mejoró conforme pasaban las horas. Para cuando la clase de inglés empezó, su comentario de la liga lanzada andaba en boca de todos. Jessica, sin su resumen de inglés, no tenía ánimo para soportar a su nueva compañera, así que esperó hasta el último minuto para entrar al salón. Lo primero que hizo fue localizar a Brooke; por fortuna, se había sentado bastante lejos de ella.

—¡Gracias a Dios! Estamos bastante apartadas de «su majestad» —comentó Jess a su mejor amiga, Lila Fowler, quien también era una unicornio y cuya amabilidad no se contaba entre sus mejores cualidades. Es más podría decirse que su majadería iba al parejo con la de Brooke.

—¿Puedes creerlo? La muy tonta sugirió que yo caminaba despacio sólo para retrasarla. ¡Como si me hubiera torcido el tobillo a propósito y quisiera perderme las porras del juego de esta noche! —informó Lila moviendo nerviosamente entre sus dedos el collar de perlas que lucía sobre su suéter color de rosa.

Jessica advirtió el desdén en los ojos de su amiga; si las miradas mataran, Brooke se habría desplomado muerta sobre el pupitre.

—No te molestes por la odiosa Dennis —murmuró Jess a su amiga, mientras el señor Bowman pasaba lista—. ¡Tengo la impresión de que se arrepentirá de haber ingresado a esta escuela!

—Me encanta cómo funciona tu cerebro, Jess. Será un placer cooperar, especialmente en algo tan desagradable... —comentó Lila, expresando su fingido malestar, no sin cierta ironía.

Ambas jovencitas estaban tan ocupadas comentando sus asuntos que casi se pierden la mejor noticia del día: el profesor, en lugar de exigir la lectura de los resúmenes de la novela, dio permiso al grupo de terminar el cartel para la feria del libro. Esto gustó mucho a Jess, no sólo porque posponía el resumen, sino porque esto le permitiría hacer lo que realmente le encantaba: lucirse ante sus compañeros. Su trabajo de dibujo era bueno; lo observaba con sumo cuidado, tratando de escuchar los comentarios y las críticas.

—¡Es el trabajo más profesional que he visto! —exclamó sorprendido Charlie Cashman—. Aunque el mío es más llamativo —agregó al tiempo que desenrollaba su dibujo y lo colocaba precisamente al lado del de Jess.

Todos los ahí presentes rieron estrepitosamente cuando vieron los pantalones anchos y plisados, de color verde chillón, y el bombín que lucía el muñeco dibujado en el cartel.

—¡*Tom Sawyer* no trata de un payaso! —se burló Jerry McAllister.

—¡Ya lo sé! Pero estoy seguro de que a Mark Twain no le importará si cambio la indumentaria a su personaje. Además, ¿cómo podría competir un tipo ordinario contra la enigmática Nancy Drew?

—No parece que vaya a haber mucha competencia —comentó irónico Jerry, mirando de reojo el dibujo de Jess,

—Tampoco se ve mucha prisa por trabajar —opinó el maestro Bowman. El grupo entendió el mensaje del profesor y se puso a trabajar en sus dibujos para el siguiente viernes.

—Como eres nueva en la clase, no creo que tengas mucho tiempo para hacer un dibujo por tu cuenta —dijo el señor Bowman a Brooke y rodeó con su brazo los hombros de la chica, conduciéndola hasta donde se encontraba Lila ocupada con su diseño—. ¿Por qué no ayudas a Lila con el dibujo para el cuento *La telaraña de Carlota*? —preguntó.

Jess observó a su amiga y la compadeció: estaba rígida como un leño y sus labios apretados formaban una línea recta.

—¡Eso se parece más a un embotellamiento de vehículos que a una telaraña! —comentó desdeñosa Brooke, en cuanto el maestro se alejó lo suficiente como para no oírla y Lila se encontraba observando detenidamente las líneas azules que había pintado bajo el título del libro.

—No me sorprende que seas una experta en insectos. Y ya que lo puedes hacer mejor, ¿por qué no lo intentas? —inquirió Lila en son de reto.

—¡Seguro! ¿Por qué no? —contestó la chica al tiempo que aferraba el pincel mojado en tinta azul. Trazó varias líneas entrecruzadas. Cuando introdujo el pincel dentro del frasco por segunda vez, éste se cayó derramando toda la pintura sobre el escritorio, la cual fue a parar sobre el cartel de Jessica. En cuestión de segundos, la obra de la gemela se encontraba chorreada por la pintura y las recién trazadas aventuras de Nancy Drew quedaron totalmente embarradas de color azul.

Jess, azorada, no pudo emitir palabra alguna. Sólo alcanzó a colocarse junto a su cartel con el horror reflejado en el rostro mientras gruesas lágrimas empezaban a correr por sus mejillas.

—¿Cómo pudiste hacerlo? ¿Sabes cuánto trabajo costó hacer este cartel? —inquirió Lila furiosa, las manos en jarras—. ¿Qué te sucede? ¡Desde que llegaste no has hecho sino molestar a todos! —reprochó llena de ira.

—¿Cuál es el problema? —preguntó el profesor cuando escuchó los gritos de las muchachas.

—¡Brooke volteó el frasco de pintura sobre mi cartel! ¡Mi dibujo está... —informó Jess ahogada en lágrimas y sin poder concluir la frase.

—¡Yo no fui! —aseguró Brooke sin ningún rubor o prisa por disculparse.

Lila y Jessica intercambiaban incrédulas miradas. Para ellas, era terrible que Brooke hubiera destruido el dibujo; pero su descaro de negarlo, ¡era el colmo!

—Entonces, ¿cómo explicas la pintura que hay sobre el dibujo de Jessica? —demandó Lila.

—¡Sabes bien cómo pasó! Escuche, profesor, Lila empujó mi codo en el preciso momento en que terminaba de ayudarla con su telaraña. Ella estaba parada atrás de mí y obviamente no le gustaba lo que yo dibujaba —informó sin vacilar Brooke al señor Bowman.

—¿Qué? ¡Nunca te toqué! Temería contagiarme si lo hago —gritó Lila, roja de coraje y lanzando una mirada llena de odio a la esbelta muchacha.

—¡Niñas, niñas! No quisiera dejarlas castigadas después de clases. Ahora lo que importa es cómo van a ayudar a Jessica y no quién tuvo la culpa —dijo conciliador el profesor.

—¡Pero, señor Bowman, yo no tuve la culpa! Yo sólo... —trató de explicar Lila consternada.

—¡Cualquiera comete errores! Lo malo es que nadie los quiere admitir —exclamó Brooke de manera desdeñosa.

—¡No importa! Las dos deberán limpiar todo este desorden hasta que haya desaparecido por completo —ordenó el profesor dando un trapo y una esponja a las jovencitas.

# *Cuatro*

◆

Aunque Lila siempre le insistía en almorzar con las unicornios, Jessica saludó a su hermana y a la amiga de ésta tan pronto como las localizó al fondo de la cafetería. Lila y Jess cruzaron por entre las mesas. La chica estaba ansiosa de compartir su pesar con quien mejor la comprendía: su gemela.

—¡Vamos, apúrate! Nos sentaremos con Elizabeth para contarle todo —urgió Jess.

—¿Qué te pasa, Jess? ¡Te ves muy mal! —inquirió inmediatamente Lizzie, quien conocía muy bien a su hermana y sabía que algo la molestaba.

—¡Una desgracia, Lizzie! Toda mi vida está arruinada y todo por esa muchacha recién llegada. ¡Como me gustaría que empacara y se fuera a vivir lo más lejos posible, a Alaska, por ejemplo!

—Más lejos: ¡Al Polo Norte! —sugirió Lila.

Elizabeth se sintió consternada una vez que conoció el incidente. Sabía que su hermana quería ga-

nar ese concurso de carteles, porque el profesor
Bowman y el jurado calificador de ese año pre-
miarían al ganador con un cupón para un almacén
de ropa y la membresía de un club de lectura. Tan
segura de ganar estaba, Jess, que ¡ya había escogido
un traje en el almacen.

—¡Cielos, Jessica! Juraría que tú ibas a ganar,
¿estás segura de que no puedes reparar tu dibujo?
—preguntó Lizzie preocupada.

—Si Jessica pudiera reparar su dibujo, ¡también podría convertir a Brooke Dennis en Blanca
Nieves! ¿No es así, Jess? —comentó con sarcasmo
su amiga Lila.

—Me temo que es imposible, Lizzie. Mi cartel
luce como si fuera un anuncio del libro de misterio
*El caso de la mancha azul* —gimió Jess, limpiándose una lágrima.

—De cualquier manera fue un accidente. Es
decir, no creo que haya sido a propósito. Tal vez
Brooke realmente quería ayudar —comentó inge-
nuamente Amy, a quien no le gustaba ni acos-
tumbraba hacer juicios apresurados.

—Con esa clase de ayuda —comentó Lila a las
chicas—. Brooke es la última persona del mundo
con quien se quisiera iniciar una amistad —añadió para luego continuar en voz baja—: No me
sorprendería saber que ella estaba consciente de todo el mal que hacía.

—¿Qué? —preguntó Jess sin poder creer lo
que su amiga insinuaba.

—Debiste haber visto la cara que puso Brooke
cuando el maestro admiraba tu trabajo. ¡Se veía
increíblemente celosa! —declaró Lila con malicia.

—Lila, ¿crees que Brooke arruinó el trabajo de mi hermana a propósito? —interrogó Lizzie.

Ésta no tuvo tiempo de contestar, un profundo silencio inundó la mesa de las chicas, cuando Jess señaló la puerta de entrada a la cafetería: Brooke Dennis salía de la fila y su cara estaba completamente sonrojada.

—¡Adivinen qué pasó! ¡Brooke le dijo sus verdades a Bruce Patman! —informó ansiosa Caroline Pearce a las jovencitas cuando se acercó a su mesa.

—¡Debes estar bromeando! —expresó incrédula Jessica, pues sabía que nadie discutía con el hijo del hombre más rico del lugar. Insultar a Bruce era como firmar su sentencia de muerte, ¡Bruce siempre se vengaba o simplemente contaba con amigos que lo hacían por él!

—¡La hubieran escuchado! —decía emocionada Caroline, cuya máxima afición era contar chismes y éste era el mejor que había tenido en mucho, mucho tiempo—. Brooke preguntó a Bruce que quién se creía que era, como para meterse en la fila antes que ella, ¡y después, lo llamó tonto! —hizo una pausa mientras todas las chicas voltearon a ver al joven alto y bien parecido, comiendo en una mesa cercana a ellas—. Y te mencionó a ti también, Jessica. Dijo que entre Bruce y la «chillona» Wakefield ya había tenido suficiente para un primer día en la escuela —continuó Caroline disfrutando su no del todo desagradable relato.

—¿Cómo puede referirse a Jessica de ese modo? Si esa chica supiera hablar como se debe, ella... —dijo Lizzie, sin poder terminar su comentario porque en ese momento vio con incredulidad cómo Brooke salía de la fila frente al mostrador y se dirigía a la mesa ocupada por ella y sus amigas. Con tanta naturalidad como si hubiera sido invitada, la joven colocó su charola frente al lugar vacío junto a Lila.

—¡Espera un minuto, no te puedes sentar ahí! —exclamó Amy.

—Y, ¿por qué no? ¿Debo pedir permiso? —preguntó Brooke con tono burlón.

—Hay muchas mesas desocupadas. ¡Ve y arruina el día de otras! Además, este lugar está ocupado —replicó Lila, visiblemente molesta.

—¡Qué curioso! —comentó Brooke dirigiendo su mirada a la silla vacía—. A mí me parece que efectivamente no lo está.

—No en este momento. ¡Lo estamos apartando! —afirmó Elizabeth, tratando de aparentar seguridad y determinación en su contestación.

—¡Eso es! ¡Está reservado! —añadió Lila inmediatamente.

—¡Sí! —confirmó con vivacidad Jessica—. Ese lugar está reservado para mi hermana.

—¿Tu qué? ¿Qué quieres decir? ¡Tu hermana ya está aquí! —exclamó Brooke, por primera vez confusa.

—Mi otra hermana, ¿no lo sabías? ¡Somos trillizas! Ese lugar está reservado para Jennifer, —replicó Jess, serenamente.

A Elizabeth no le gustaba mentir, pero esta vez creía que alguien merecía sufrir alguna de las travesuras de su hermana.

—¡Es verdad! Jennifer estará aquí en un minuto, ¿verdad, Amy? —preguntó Lizzie, moviendo la cabeza afirmativamente y tratando de contener, en la medida de lo posible, la risa que la invadía.

—¡Seguro! Sólo que Jennifer siempre llega tarde —confirmó Amy a Brooke.

—No sé ustedes, pero yo voy por más pizza —advirtió Jessica levantándose de su asiento para dirigirse a la fila de la comida.

—Y, ¿dónde estaba Jennifer anoche? —preguntó Brooke a Lizzie suspicazmente, como queriendo llegar al fondo del asunto.

—¡Oh! Ella y Jessica tenían dolor de estómago. Además, a ninguna de las dos les gusta el pastel de limón con merengue —aseguró Elizabeth.

—¡Exactamente! ¡Hola, muchachas! Gracias por apartarme mi lugar.

Todas quedaron sorprendidas. ¿Era Jessica, o no? Elizabeth se dio cuenta de que su hermana se había puesto el suéter azul que tenía guardado en su casillero; también había cambiado su peinado, colocándose un listón justo detrás de la oreja. Pero no era sólo eso, su voz sonaba diferente, ahora era más suave casi murmurante, como cuando hacía alguna confidencia.

—¡Hola, Jennifer! Espera a que oigas lo sucedido en la clase de inglés —saludó Lila, aunque dirigiendo su mirada a Brooke.

Inmediatamente todas las chicas captaron el juego y un segundo más tarde, se encontraban platicando con «Jennifer», como si ésta hubiera pertenecido siempre al club.

—A propósito, Jen —recordó Elizabeth—, ella es Brooke Dennis; ya sabes, la invitada que no pudiste conocer la noche anterior.

—¡Ah, sí! Me alegra mucho conocerte Brooke, sé que seremos buenas amigas —afirmó Jess fingiendo el mismo tono suave de voz.

—¡No mientras te acompañe esta multitud! —respondió Brooke, mostrando una risa burlona al tiempo que levantaba su charola para dirigirse a otra mesa. Detrás de ella, las cuatro chicas se morían de risa.

—¡Cielos! Las dos, ¿o debo decir las tres?, han empezado algo... —comentó Lila cuando al fin terminó de reírse.

—**¡Te aseguro que así es!** —afirmó Jessica, lanzando una mirada triunfante a su hermana—. **¡Y también la terminaremos! Esperen a ver lo simpática que Jennifer será con Brooke. ¡Muy pronto, la indomable Dennis estará comiendo de su mano!** —sentenció Jess categóricamente.

—¡Qué buena idea! Una vez que Jennifer se gane la confianza de Brooke, empezará la diversión. Pero tenemos que darnos prisa. ¡Debemos correr el rumor antes de que Brooke descubra que Jennifer no existe! —advirtió Lila levantándose de la mesa sin haber terminado su almuerzo.

—¡Tienes razón! Yo comentaré durante mi clase de inglés todo lo referente a las trillizas Wakefield; ustedes harán lo mismo en sus siguientes clases —acordó Amy.

Las chicas acordaron obligar a sus compañeros de sexto grado a guardar el secreto. Se asegurarían de que todos cooperaran hasta que Brooke cayera en la trampa que le tendería la única muchacha que había sido amable con ella. ¡Esto sería todo un plan contra Brooke Dennis!

—¡Sólo recuerden! Jennifer siempre usa un listón en el pelo y habla en tono susurrante. ¡Asegúrense de que todos estén enterados! —previno Jess.

Y así sucedió. Durante el resto del día, no importaba a cuál salón entrara Jess, si ella llevaba puesto un listón en la cabeza, era recibida como Jennifer. Lila se encargó de hacer correr la voz entre las unicornios, aun entre aquellas que cursaban grados superiores como Kimberly Haver, del séptimo grado o Janet Howell, del octavo; la presidenta del exclusivo club, quien al verla no perdió tiempo para reforzar el engaño.

—¡Hola, Jennifer! Di a Jessica que hoy habrá una reunión del club Unicornio, finalizando las clases, ¿está bien? —dijo alejándose por el pasillo.

—¡Gracias al cielo, Jennifer! Me alegra tanto saber que iremos juntas de regreso a casa. No te quiero ofender, Jen, ¡pero tu hermana Jessica es insoportable! Al fin encuentro a alguien diferente. De hecho, eres la única persona a quien considero digna de mi amistad en toda la escuela —confesó Brooke a la chica que ella creía Jennifer.

¡Y, eso era verdad! Jessica estaba tan ocupada tratando de engañar a Brooke que ignoró por completo las cosas desagradables que la chica decía. Lejos de molestarse, se concentraba en su nuevo papel y aparentaba estar realmente complacida con su compañía. De hecho, Brooke pensaba que por fin había encontrado a alguien que pudiera escuchar sus egoístas quejas.

—No entiendo cómo todo mundo puede admirar a Jessica. A mí me molesta. ¿Cuál es su encanto? —inquirió Brooke.

—¡No lo sé! Nunca he entendido esos juegos tontos y aburridos que tanto la emocionan —afirmó Jess, tratando de no reírse.

—¡Ni yo tampoco! ¿Quieres ver una película esta noche? —preguntó la espigada Brooke.

—¡No, realmente no puedo! Tengo que asistir a un juego de basquetbol nocturno —contestó Jessica visiblemente nerviosa.

—Pensé que odiabas los deportes —comentó Brooke con malicia.

—No, no se trata de eso. Lo que quiero decir es que siempre acompaño a Jessica al juego, para verla junto con su grupo de porristas. ¡Ella no puede hacer nada sin mí! —replicó Jessica inmediatamente, tratando de reparar su equivocación.

—Bueno, si la prefieres a mi compañía...

—No quise decir eso. Oye, ¿por qué no vas conmigo al juego de esta noche? Así podremos aburrirnos juntas —sugirió Jess visiblemente desesperada.

—¡Está bien! Te veré después de las clases —contestó Brooke con desgano.

Jess reflexionaba acerca de los planes que su nueva amiga tendría mientras ésta se dirigía a su última clase. Estaba realmente en un aprieto: esa misma tarde habría una junta con las unicornios, al mismo tiempo que se suponía debía ir rumbo a su casa acompañada por Brooke y, lo peor, ¡había invitado a la chica a verla con su grupo de porristas!

—¡Hola, Jennifer! ¿Qué hay de nuevo? —saludó Lizzie a su hermana, quien se quitaba el listón de su cabeza y mostraba más preocupación que entusiasmo por la broma.

—Soy yo, Lizzie. Tu única y verdadera hermana —rebatió Jess molesta.

—¡Claro! La gran actriz que sufre terribles do-
lores de estómago y que también soporta carteles
bastante pesaditos —bromeó esta vez Elizabeth.

—Escucha, hermana mayor, no es hora de hacer
bromas. ¡Estamos en serios problemas! Como yo
tengo una reunión con las unicornios, Jennifer
no podrá regresar a casa con Brooke al mismo
tiempo. Quiero decir, ¡esta Jennifer no puede!

—Jessica, no se te estará ocurriendo nada,
¿verdad? ¡Ya no quiero involucrarme más en este
problema! —protestó la jovencita.

—¡Vamos, Lizzie! Brooke te molesta tanto como a mí; además, si me haces este favor especial, ¡te
juro que nunca volveré a pedirte otro mientras viva! —suplicó Jess.

—O mientras no necesites más ayuda. ¡Debo
admitir que tu idea es genial! —afirmó Lizzie tratando de contener la risa.

—Entonces, ¿irás hacia casa con Brooke?
—preguntó Jess angustiada.

—¡Por supuesto! Pero será mejor que me in-
formes acerca de tus pláticas con ella. ¡Parecen tan
buenas amigas! —acordó Lizzie una vez más
alegremente.

Mientras caminaban al salón donde tomarían
su última clase, Jess puso al tanto de todo a su hermana; le dio el listón y el suéter que debía usar para
interpretar el papel de Jennifer, los cuales fueron
muy bien escondidos por ella, quien viendo alejarse
a su gemela, empezó a reflexionar acerca de la
difícil situación en la que Jess la había colocado.

Actuar como trillizas una tarde había sido fácil pero, ¿cuánto podría durar esto? ¿Acaso Brooke nunca se preguntaría por qué las tres hermanas nunca estaban juntas? y, ¿qué pasará el día que la chica descubra que le han tomado el pelo?

Aparte de todas estas preguntas, había algo que no dejó de preocupar a Lizzie durante toda su clase de historia: ¿por qué a nadie le molestaba jugar una broma tan pesada?

# *Cinco*

◇

Después de clases, cuando Elizabeth y Brooke caminaban a través del estacionamiento reservado para los autos de los profesores, Amy las alcanzó, visiblemente agitada por ir corriendo. Con voz desesperada preguntó a Lizzie.

—Jennifer, ¿has visto a Elizabeth? El señor Bowman la está buscando por todos lados. ¿Crees que haya olvidado la cita para el periódico que tenía con él? —preguntó Amy fingiendo mucha seriedad en su comportamiento.

—¡Creo que sí! Por lo menos, eso espero. Estoy cansada de escuchar todo el día comentarios acerca de ese tonto periódico —contestó Lizzie, observando de soslayo a Brooke.

—¡Exactamente! Tonto, es la palabra. Hablan de su «periodiquito» como si éste fuera el más importante del país, sin darse cuenta de que ¡sólo es un insignificante boletín!

—El profesor la busca en las afueras de la escuela, mientras yo busco en el gimnasio donde, según él, ella está haciendo un reportaje del juego de hoy por la noche —comentó Amy a su amiga.

—Si el señor Bowman te mandó al gimnasio, ¿qué estás haciendo aquí? No veo admiradoras del basquetbol por ningún lado, ¿o tú las ves, Jennifer? —preguntó Brooke despectivamente.

Mas Lizzie lo comprendía todo: Amy quería evitar que el señor Bowman la encontrara; ¡él no estaba enterado del plan! Pero, era demasiado tarde: el profesor ya las había visto y se acercaba a ellas. ¡Elizabeth sintió que se iba a morir!

—¡Me alegra que Amy te haya encontrado, Lizzie! Tenemos mucha información que cubrir, si es que deseas iniciar esa nueva columna musical —expresó el profesor, quien llevaba algunos periódicos bajo el brazo.

Antes de que Brooke o Elizabeth pudieran decir algo, Amy intervino rápidamente.

—¡Lo siento señor Bowman, pero creo que aún me equivoco con las hermanas Wakefield! ¡Estos parecidos siempre me confunden! —se quejó Amy tratando de parecer convincente.

—¿Quieres decir que a pesar de tu amistad con ellas, todavía las confundes? —cuestionó incrédulo el maestro, dirigiéndose al gimnasio junto con Amy—. ¡Te veré mañana, Brooke. A ti también, Jessica! —agregó el profesor alejándose del lugar.

—¡Es sorprendente que el maestro aún las confunda! Me supongo que esto sucede siempre, ¿verdad? —comentó Brooke a su amiga mientras continuaban su camino a casa.

—¡Siempre! Cuando se es trilliza, corres el riesgo de nunca saber con quién te están confundiendo —expresó Lizzie, lanzando un respiro de alivio, al tiempo que reflexionaba: "¡A veces ni tú misma sabes quién eres!"

Las cosas no terminaron ahí. Fue hasta después de la comida cuando Jess informó la nueva y mala noticia: alguien debía acompañar a Brooke durante el juego de basquetbol, mientras ésta hacía su trabajo como porrista, y ese «alguien» no estaba nada feliz con la información.

—¿Qué quieres decir con eso de que debo ayudarte? ¿Y tu promesa de no pedirme más ayuda mientras vivieras? —inquiría Lizzie molesta.

—¡Oh, Lizzie! Tú sabes que nunca te pediría algo tan riesgoso si mi vida no dependiera de ello. Brooke me odia y si en este momento se enterara de la broma, ¡no sé lo que haría! —explicó Jess, colocando tiernamente sus manos sobre los hombros de su enojada hermana.

—¡Sería lo mejor que podría pasar en este momento! ¿Sabes que debo llamar al señor Bowman e inventar una ridícula excusa acerca de mi salud? Y, «pequeña hermana», créeme que no es exactamente una mentira —se quejaba Lizzie indignada.

—No te preocupes. Te prometo que esto no durará mucho tiempo. ¡Lila y yo, tenemos un plan para dar a Brooke su merecido! —informó Jess, a quien no le importaba mentir de vez en cuando, mientras que a su hermana realmente le incomodaba defraudar a las personas. Por otro lado, Jess estaba empeñada en que Brooke se arrepintiera de haber llegado a ese lugar.

—Si no fuera por la forma en que te ha tratado, Jess, yo no tomaría parte en tus travesuras. Pero sólo de recordar lo que te ha hecho y cómo se
comportó con nuestros padres, ¡me da muchísimo
coraje! —reconoció Lizzie.

—¡Sabía que lo harías! ¡Eres la mejor trilliza
del mundo! —consoló Jess a su hermana, dirigiéndose al closet para seleccionar algunas prendas—.
Ahora vamos a ver qué lucirá Jennifer esta noche.

—Y, ¿por qué Jennifer no puede usar alguno
de tus vestidos? —preguntó Lizzie sonriendo, pues
sabía que a su hermana le encantaba la ropa de ella.

—¡Pero, Lizzie! ¿No te das cuenta que Jennifer
debe lucir casi como tú? Es decir, como si no le importara su apariencia —explicó Jess, mientras
seguía buscando entre la ropa.

—¡Muchas gracias! —replicó Lizzie ofendida.

—¡Sabes a lo que me refiero! Eres buena para
casi todo, Lizzie; escribes muy bien, eres buena bailarina y una de las mejores alumnas del grupo
—comentó Jess mientras sacaba una blusa holga-
da, color gris, y otras prendas que le combinaban—. Yo soy diferente, ¡cualquiera lo sabe!
Nunca podré ser tan inteligente, dulce y talentosa
como tú, así que mejor me preocupo por ser famosa y cuidar mi apariencia, ¿no crees? —agregó Jess,
aleteando sus largas y aterciopeladas pestañas.

—¡Eres tan inteligente como yo, Jessica Wakefield! Si en lugar de pasar tanto tiempo inventando
tus porras, ensayaras ballet, serías la mejor bailarina
de la escuela de madame André, y si no estuvieras
tan ocupada en tus juntas del Unicornio, serías tan
buena alumna como yo —reprochó Elizabeth.

—¡Tal vez, hasta mejor! Gracias por no permitirme sentir compasión por mí misma. Creo que mi tipo de personalidad es más social que intelectual —bromeó «Jennifer» con su hermana.

—Hablando de personalidades, ¿cuál es la de Jennifer? —reflexionó Lizzie en ese momento.

—La verdad es que inventé a Jennifer tan rápido, que no tuve tiempo de pensar en su personalidad —admitió Jess.

—¡Yo tampoco! De lo único que estoy segura es que le cae muy bien a Brooke —añadió Elizabeth muy desconcertada.

—¡Claro que le cae bien! La pretenciosa Dennis está loca por ella. Aunque me pregunto por qué —caviló la traviesa Jess.

—Seguramente tiene algo en especial que a Brooke le simpatiza...

—¿Cómo qué? ¡No entiendo! —inquirió Jess bastante confundida.

—Muy simple, ¡porque.es diferente a nosotras! —descubrió Lizzie jubilosa.

—¡Exacto! No es tan graciosa como nosotras, así que se puede llevar bien con la engreída Dennis. Y... —Jess hizo una pausa teatral—. Si es tan diferente, ¡no debe vestirse como tú o yo! ¿Qué piensas de eso?

—¡Será diferente! ¡Manos a la obra! —ordenó Lizzie, imaginándose a Jennifer vestida con una enorme camiseta de su hermano mayor.

¡Y así lo hicieron! Cuando Steven se enteró de todo, accedió de inmediato. De hecho, le encantó que lo tomaran en cuenta para llevar a cabo el dichoso plan en contra de la señorita Brooke.

—Pero recuerden, si mamá se entera de esto, ¡lo negaré todo! ¡Nunca he oído nada! Después de todo, es la hija de su mejor cliente de quien se están burlando. A mí no me interesa lo que hagan a la chica, pero no me gustaría que mamá se enterara de que yo también contribuí prestando mi vestuario —advirtió el muchacho algo temeroso.

El gimnasio se encontraba atiborrado cuando Brooke y «Jennifer» llegaron. Para que la pareja pudiera ocupar un lugar, tuvieron que subir a las tribunas pasando encima de los suéteres y algunos compañeros. Por fin, lo lograron.

—¡Cielos! No puedo creer que haya tantos jóvenes fanáticos de este tonto juego —exclamó Brooke desdeñosa.

—¡Estoy de acuerdo! Existen cosas mejores y más interesantes que estos chicos podrían hacer en su tiempo libre, en lugar de estar viendo cómo diez jóvenes se pelean por una pelota —opinó Lizzie, aparentando sentir lo mismo que Brooke. Sin embargo, a ella le encantaba ver a su hermana en el grupo de porristas.

—Por lo que se ve, sabes mucho de basquetbol, ¿verdad? Yo ni siquiera sé cuántos jugadores integran un equipo —admitió Brooke sorprendida al momento en que el árbitro daba el silbatazo de inicio, mientras ellas observaban la cancha.

—Lo he aprendido de Elizabeth y Jessica. A ellas realmente les gusta este bobo juego. Además, mi papá nos lleva a los juegos de temporada —respondió Lizzie bastante acalorada por lo que decidió despojarse de su saco.

—De alguna manera, eres muy afortunada, Jennifer. Mi padre y yo casi no salimos; es decir, lo único que le importa es el cine —confesó Brooke con resentimiento.

Elizabeth se volvió a verla, pues creyó oír la voz de su conciencia: "Tal vez Brooke sólo aparentaba ser como era y quizás la broma no tenía ningún caso, después de todo."

—¡Hey, te ves estupenda! —exclamó Brooke muy emocionada cuando vio la camiseta que «Jennifer» llevaba puesta.

—¡Gracias, Brooke! La verdad es que no imaginaba que te gustara la forma en que visto —expresó Lizzie sorprendida por el tono amable de su reciente y antipática vecina.

—¿Lo dices por la clase de ropa que uso? Debes saber que ni siquiera tengo oportunidad de escogerla. Mi papá contrata a una mujer para que seleccione mi guardarropa, lo que, a decir verdad, es bastante incómodo. He tratado de explicárselo a papá, ¡pero como siempre está tan ocupado en sus libretos! —se quejó con mucha tristeza la glamorosa jovencita—. ¡Daría lo que fuera por tener una camiseta como la tuya! —agregó, observando detenidamente la prenda de su nueva amiga.

Elizabeth cada vez se sentía más y más culpable. Esperaba no tener que hablar con nadie de la escuela. Tal vez podrían ver el juego y marcharse inmediatamente a casa. Ya no encontraba divertida la broma. Desgraciadamente, todos en la escuela apoyaban la idea, especialmente Lila Fowler, quien más tardó en descubrirlas que en subir corriendo hasta el lugar de las chicas.

—¡Hola, Jennifer! —saludó Lila subiendo el volumen de su voz—. Espero que tú y tus hermanas no vayan a faltar a mi «fiesta de piyamas» este fin de semana. ¡Todas irán! Bueno, siempre y cuando así lo deseen —informó Lila, observando burlonamente el vestuario de Brooke quien lucía muy elegante con un vestido color mandarina adornado con un cinturón amarillo naranja—. ¡Oh, Brooke! Siento mucho que nadie te haya informado acerca de nuestras costumbres. Generalmente nadie se viste tan formal para un espectáculo deportivo —agregó la chica con sarcasmo.

—No te preocupes, Lila, éste no es el lugar donde acostumbro pasar mis tardes. Simplemente, vine a acompañar a Jennifer —respondió Brooke, empleando su conocido tono frío y agresivo.

—¡Y yo sólo vine para oír las porras de Jessica! Así que si las dos dejan su pleito para después del espectáculo, ¡se los voy a agradecer! —afirmó Lizzie, alegrándose de que en ese preciso momento aparecieron en escena las Olimpias.

—¡Denme una S! —gritó Jessica colocada frente a su grupo de porristas, dirigiendo el coro.

—¡A mí dame una aspirina! ¡Creo que con esto voy a enfermar! —expresó Brooke burlonamente.

—¡Denme una W! —continuó dirigiendo Jessica a su grupo de porristas que para esos momentos ya formaban un círculo y saltaban muy alto, cada vez que gritaban una letra.

—¡Denme una E, una E, una T! ¡SWEET VALLEY! —gritaron finalmente.

—¡Cielos! ¡Si no me hubiera torcido el tobillo, ahora estaría con ellas! —se quejaba amargamente

Lila, cada vez que las chicas cambiaban de rutina.

—¿Y qué te detiene? Todas brincan como si tuvieran torcidos los tobillos —apuntó Brooke con ironía evidente.

—¡Espera un minuto, Brooke! Jessica y las otras porristas pusieron mucho empeño en esas rutinas —reclamó molesta Lizzie.

—¡Escucha, Jennifer! —expresó Brooke volteando hacia el lugar de Elizabeth—. Sé que Jessica es tu hermana y todo mundo la ama hasta la locura, ¡pero eso me importa muy poco! —y finalizó con furia y tristeza a la vez—: ¡Pensé que tú y yo éramos amigas!, pero si siempre vas a inclinarte por esa pedante y simple...

—¡Anotaron! —interrumpió Lila apoyada en un solo pie y gritando junto con todos sus compañeros. Mientras tanto, Elizabeth, llena de coraje, pensaba en cómo podía existir alguien que pudiera juzgar así a Jessica.

Una vez que la multitud se había vuelto a sentar y guardaba silencio, Jessica inició una nueva rutina para apoyar a su equipo.

—¡UNO!, ¡DOS! —gritaban sus porristas al tiempo que Jess daba giros espectaculares. Estando en uno de esos saltos, la jovencita ejecutó mal una vuelta y su cara fue a dar contra el piso.

—¡Jess! —gritó angustiada Lizzie, tratando de llegar lo más rápido posible hasta donde estaba su hermana. Cuando finalmente pudo acercarse a ella, vio que su gemela ya estaba incorporándose para continuar con sus porras. Sin embargo, sabía lo avergonzada que debía sentirse; ¡cómo deseaba estar más cerca de ella para apoyarla!

—¡Está bien! No te preocupes —gritó Brooke con tono de mofa. Era evidente que aquella chica recién llegada había disfrutado mucho el infortunio sucedido a Jess.

Por lo tanto, esta vez, Elizabeth ya no se sintió culpable. Al contrario, estaba decidida a subir hasta donde se encontraba Brooke y darle una lección. No era nada agradable caer delante de cientos de estudiantes. Cuando iba a ocupar su lugar, se detuvo; mejor dicho, la detuvieron. Era Lila, quien asiéndola por el codo, la obligó a sentarse junto a ella para poder decirle algo.

—¡Calma, Lizzie! ¡No dejes que Brooke arruine nuestro plan! ¡Eso la dejaría libre muy fácilmente! —susurró con firmeza la amiga de su hermana.

Elizabeth aspiró aire profundamente y contó hasta diez, para recobrar la calma y apaciguar la furia que sentía. Lila tenía razón: «Jennifer» debía continuar despertando la simpatía de Brooke sin importar lo odiosa que ésta era.

"¡Esta chica aprenderá, de una vez por todas, que nadie, absolutamente nadie, puede interponerse en el camino de las gemelas Wakefield!", sentenció Lizzie mentalmente mientras se dirigía a ocupar su lugar junto a su detestable enemiga.

# *Seis*

◇

Tanto Elizabeth como Jessica se sentían tranquilas y relajadas cuando llegó el viernes, porque Brooke y su papá pasarían el fin de semana en Hollywood, asistiendo al estreno de la película de moda.

—¡Gracias a Dios! Dos largos días para comportarme como realmente soy. ¡Si es que recuerdo cómo! —exclamó jubilosa Lizzie.

—Este asunto de las trillizas también a mí me ha trastornado. No sé quién trabajó más de las dos este viernes: Tú decorando los salones para la próxima feria del libro o yo actuando como Jennifer durante el regreso a casa.

Lizzie asintió recordando todo lo que trabajó esa tarde, junto con su querida amiga Amy y el comité organizador del acontecimiento: recortaron papelitos de colores y diseñaron carteles llamativos. Cada salón de clases se transformó en un libro cuyo título aparecía en un letrero sobre la puerta y los resúmenes y dibujos de los estudiantes estaban expuestos dentro del aula. Sin embargo, Lizzie no se concentró en su trabajo, pues le preocupaba la decepción que sufriría su hermana gemela si no obtenía el primer lugar.

Mientras tanto, la recámara de Jessica era un completo desorden. Su padre llevaría a la familia a cenar fuera y ella, como siempre, quería lucir impresionantemente hermosa, por lo cual no le importaba sacar todo de su closet y botar la ropa en cualquier parte, hasta encontrar aquella prenda que realmente la hiciera lucir bien.

—¿Qué le prometiste a la odiosa Brooke durante el almuerzo, cuando te hiciste pasar por Jennifer? —preguntó Jess—. Cuando regresábamos a casa, la desagradable chica me preguntó si aún recordaba la promesa. ¿Cómo pudiste prometerle algo a ese monstruo? —agregó mientras continuaba hurgando en su guardarropa.

—¿Prometerle? —inquirió Lizzie confundida. Únicamente recordaba haber actuado como Jennifer durante el almuerzo, pero no recordaba haber hecho ninguna promesa—. Sólo hablamos acerca de la escuela y la dejé explayarse sobre sus desagradables impresiones del lugar, o sobre a quién odia más en la escuela —añadió aún perturbada.

—¡Ya sé quién encabeza su odiosa lista! —expresó Jess con una sonrisa.

—Aunque ocupas un lugar destacado, no eres la número uno. Esta vez el premio mayor lo posee Lila, quien, al parecer, ya tiene bastante fastidiada a Brooke con lo de su «fiesta de piyamas» de este sábado —informó Lizzie con entusiasmo.

—¡Naturalmente, esa horrible bruja está furiosa porque nadie la ha invitado! —aseguró Jess con una sonrisa maliciosa.

—A decir verdad, parece como si a Brooke no le interesaran las fiestas de cumpleaños. No puede entender cómo alguien se festeje por tener un año más de edad; y, por supuesto, no le interesa, en lo más mínimo, asistir a una de estas reuniones, ¡aunque estuviera invitada! —declaró Lizzie recordando la expresión de desprecio dibujada en el rostro de Brooke.

—Bueno, puedes decirle a Brooke que no se preocupe. Ninguna de nosotras está interesada en organizarle una fiesta sorpresa de cumpleaños —afirmó con sarcasmo Jess.

—¡Ya lo tengo! ¡Ésa es la fiel promesa que Jennifer le hizo a su querida amiga Brooke! —exclamó Elizabeth repentinamente.

—¿Cuál fue?

—¡Su cumpleaños! Es el próximo lunes y le prometí no decírselo a nadie —confesó Lizzie mientras su hermana caía al piso, simulando una escena de horror.

—¡Jennifer Wakefield! ¿Querías evitar que me enterara...? Mi personaje favorito cumplirá años y, ¿no me lo ibas a decir? ¡Mi querida hermana Lizzie nunca me había hecho algo tan ruin! —reprochó Jessica con fingida indignación, al tiempo que daba vueltas y vueltas por todo el piso y luego se detuvo recargada en uno de sus codos.

—Pues... ¡no sé! Elizabeth te prometió que cooperaría para comprar el regalo de cumpleaños de Lila, mas ella acaba de gastarse todo su dinero invitando a su amiga Amy a tomar un helado a la nevería de Casey —explicó Lizzie, siguiendo el juego a su hermana.

—¡Con que ésa era la promesa! ¡No importa! Le acabas de dar el mejor regalo de cumpleaños a Lila... —afirmó Jess poniéndose de pie para ir al closet, nuevamente silbando una de las melodías de Johnny Buck, su cantante favorito.

—¿Qué quieres decir con eso de que ya le di a Lila su regalo? —preguntó Lizzie, quien a decir verdad, prefería gastar sus últimos ahorros invitando un helado a Amy que en comprar un regalo para Lila. A final de cuentas, ella únicamente asistiría a la «fiesta de piyamas» para complacer a su adorable hermana.

—¿Cuándo supones que vamos a vengarnos de la odiosa Brooke? —inquirió Jess desde su closet.

—¿Cuándo? —preguntó a su vez Lizzie, visiblemente confundida.

—¡El día de su cumpleaños, por supuesto! ¡Es perfecto! —respondió jubilosa Jess, mostrando una mirada triunfante cuando por fin salió del closet llevando su suéter azul favorito—. Ahora, querida hermanita, si quieres ir con nosotros a cenar al restaurante *Paisaje marino*, será mejor que elijas tu ropa y empieces a arreglarte.

Aquel restaurante era el preferido por la familia Wakefield. Estaba justamente en la cima de una pequeña colina desde donde se podía disfrutar una vista fantástica del mar. El tranquilo y bello lugar era lo suficientemente reservado como para agradar a la señora Wakefield; el padre de los chicos encontraba la carne asada con el grado de cocción que él tanto disfrutaba; las gemelas siempre podían comer todas las papas fritas con queso derretido que desearan y a Steven, como siempre estaba hambriento, le daba igual cualquier lugar, siempre y cuando hubiera suficiente comida para saciar su feroz apetito.

—¿Cómo se van desarrollando las cosas con el señor Henry Dennis? —preguntó el señor a su esposa una vez que llegó el postre—. Y ustedes, ¿cómo la están pasando con su estereotipada hija? —volvió a preguntar el señor, esta vez a sus hijas.

—Si por estereotipada quieres decir fatua y maleducada, te diremos que las cosas no han cambiado, papá. Todos en la escuela la «aman» tanto como nosotras —declaró Jess con sinceridad pero visiblemente molesta.

—¿Están tratando mal tus compañeros a la pobre de Brooke en la escuela? —inquirió esta vez la señora Wakefield.

—¡Ella es la que los está tratando mal, mami! Recuerda la amarga velada que pasaron con ella —confesó Jess tratando de explicar.

—¡No lo entiendo! —exclamó la señora, dirigiendo su mirada a un barco que navegaba a lo lejos—. Su padre es el cliente más agradable y gentil que he tenido. Y tú, Lizzie, ¿qué piensas?, ¿también te has dado por vencida?

—Vamos a decirlo de esta manera, mami: no me gustaría hablar acerca de Brooke mientras estemos comiendo, ¿sí? —se disculpó Lizzie, quien no quería decepcionar a su madre, pero tampoco podía **aparentar simpatía en lo más mínimo por alguien tan petulante como era la nueva compañera.**

—Si hablar de Brooke te molesta tanto, hermanita, no te preocupes, yo me puedo terminar tu postre —sugirió Steven, tratando de alcanzar con una cuchara el helado de crema de su hermana.

—¡Por supuesto que no! —respondió Lizzie defendiendo su postre con el tenedor, lo cual inició un gracioso duelo entre cubiertos.

—¡Es suficiente, mosqueteros! Ya es hora de pactar una tregua —anunció el señor Wakefield, mostrando aquella expresión calificada por Jess como «la cara del jurado»—. Escuchen, muchachas, no es fácil ser agradable con quien no simpatizamos. Pero recuerden, no siempre sabemos por qué la gente se comporta en forma tan molesta. Brooke tal vez no sea tan difícil como aparenta. Así que váyanse con cuidado en su trato con ella, ¿está bien? Todos necesitamos amigos —agregó conciliadoramente el señor, mientras pedía la cuenta al mesero.

—¡Tienes razón, papá! Nada es más importante que los amigos, especialmente los buenos amigos y por esa razón quisiera poder estar con mi mejor amiga en su cumpleaños —expresó Jess inmediatamente sin dar tiempo a Lizzie de decir nada.

—¿Qué quieres decir, Jess? Pensé que la asistencia a la «fiesta de piyamas» de Lila era un hecho. ¡No has dejado de hablar de ella toda la semana! —afirmó el señor confundido.

—¡Así era! Sólo que Lizzie y yo nos dimos cuenta de que no tenemos dinero para comprar un regalo de cumpleaños —se quejó Jess amargamente, dejando su cuchara dentro de su plato vacío.

—¡Hermosa damita! ¿Acaso leíste alguna de mis conferencias y ahora estás usando mis propios elementos para solicitar un adelanto de tu próxima mensualidad? Si yo pudiera aprender alguno de tus trucos, ¡nunca perdería un caso! —exclamó el señor, celebrando con risas las ocurrencias de su hija, al mismo tiempo que pagaba la cuenta y daba algo de dinero a Jess.

—Claro que si pudiera comprarme también algo de vestir... —sugirió Jess con malicia.

—¡No abuses de tu suerte, querida! —advirtió el papá con una sonrisa.

La «fiesta de piyamas» de Lila fue la reunión más divertida que Jess y Lizzie pudieran recordar. Aproximadamente treinta jovencitas junto con sus bolsas para dormir, secadoras para el cabello y muñecos de peluche, se encontraban desperdigadas por toda la alcoba principal en la casa de la festejada. Las invitadas comían pizzas y palomitas de maíz mientras veían la más reciente película en la enorme televisión de Lila.

—¿Nunca se cansan, jovencitas? —preguntó la señora Pervis, ama de llaves de la casa, recargando la cabeza en una orilla de la puerta cuando el reloj marcaba las once de la noche. La mujer había cuidado a Lila desde que ésta era una bebita y las gemelas pensaban que la vigilaba tanto o más que su propio padre—. Tu papá me ha ordenado vigilar que el nivel del ruido no sobrepase la resistencia del aparato —agregó con sarcasmo.

—¡Está bien, Eva! Estaremos tan quietas como estatuas —prometió Lila.

—¡Ojalá! —exclamó la señora Pervis, riéndose y demostrando que en realidad no estaba enojada—. ¡Sólo miren este desorden! Hay más comida sobre la alfombra de la que tienen en su boca —comentó—. ¡Sólo una película más y después a dormir! —ordenó finalmente saliendo del cuarto.

—¿Cuál película veremos, chicas? Como es la última, propongo se realice una votación, ¿está bien? —sugirió complacida Lila.

—¿Qué tal *Travesuras motorizadas*? ¡Yo creo que Terry Landers luce guapísimo en la escena de la persecución! —propuso Ellen Riteman, una unicornio que admiraba a las estrellas de cine como a nada en el mundo.

—¡Yo no disfrutaría tanto una película hecha por el papá de Brooke Dennis! —atrás de la anfitriona exclamó Jess sentada con las piernas cruzadas, frunciendo la nariz en señal de desacuerdo.

—¡Tienes razón! Sólo imaginen que cada que veamos esa película estaremos contribuyendo al cuidado y alimentación de la odiosa Brooke Dennis —añadió Mary Giaccio, una hermosa chica unicornio de séptimo grado, con unos enormes ojos grises y largo cabello rubio.

—¡Cielos! ¡Cómo pudiste hacer eso! —gritó repentinamente Tamara Chase, tratando de protegerse con su bolsa de dormir del cojín que llegó volando hasta ella.

—¡Chispas! ¡Lo siento! Terry es tan ocurrente... —se disculpó Ellen mostrando un visible desenfado en su conducta.

Sin embargo, la chica no terminaba de hablar, cuando todos los cojines del cuarto ya volaban en su dirección. Sólo unos segundos después, la habitación estaba invadida por acojinados proyectiles y gritos de muchachas. Finalmente, todas se encontraban exhaustas sobre el piso; sólo Jessica se levantó para ayudar a Ellen a salir de la montaña de almohadas que la tenía sepultada.

—¡Vamos, sal de ahí! Deja de estar soñando con estrellas de cine y ayúdanos a pensar en la próxima fiesta de cumpleaños para Brooke —ordenó Jess a la aturdida jovencita.

—¿Qué quieres decir? —preguntó Ellen, poniéndose rápidamente de pie y quitándose una pluma de entre el cabello.

—Bueno, según sé, pronto será el cumpleaños de Brooke. ¡Diles, Lizzie! —pidió Jess a su hermana.

—Es verdad, el cumpleaños de Brooke será el lunes —informó ésta al grupo.

—¿Y a quién le importa? —cuestionó Tamara muy molesta.

—¡A su mejor amiga, por supuesto! ¿No me digas que ya se te olvidó que Brooke tiene una amiga en la escuela? —reprochó Jessica.

Todas las jovencitas se rieron al recordar cómo Elizabeth y Jess se habían hecho pasar por Jennifer durante los dos últimos días.

—Debo confesar que más de dos veces estuve a punto de arruinarlo todo. ¡Estaba muy confundida! ¡No sabía quién era quién! —reveló Julie, acostada en el piso junto a Elizabeth.

—¡Yo también! Siempre tenía que buscar ese tonto listón atrás de su oreja. Nunca supe cuál de las dos lo estaba usando; simplemente veía el listón y decía: "Hola, Jennifer!" —externó Mary, alejándose del mueble donde estaba la colección de películas, para reunirse con el grupo.

—Pues si eso pasó con ustedes, ¡déjenme contarles cuando Elizabeth y yo nos enfrentamos al señor Bowman, mientras ella actuaba como Jennifer! —explicó Amy riendo sin parar.

—¡Por eso debemos apurarnos! Tarde o temprano, alguien se equivocará, o algún maestro nos va a descubrir. Por eso, Lizzie y yo pensamos que el lunes es el día perfecto —concluyó Jessica con increíble firmeza.

—¿El día para qué? —preguntó la ingenua Caroline Pearce moviendo su cabello rojizo que resaltaba mucho con su piyama color de rosa. Le encantaban las bromas y las travesuras, y odiaba quedarse fuera del juego.

—¡Eso es lo que nosotras debemos preparar! Brooke confía en Jennifer, y puede obligarla a hacer cualquier cosa, pero, ¿qué? —inquirió Lila.

—¡Tiene que ser algo atroz! —arriesgó Julie.

—¡Algo escandaloso! —añadió Caroline.

—¡Algo humillante! —terminó Lila, mientras se volteaba dando la espalda para sacudir las manos y permitir que sus uñas recién pintadas de color de rosa con chispas plateadas, se secaran—. Sólo olvidan una cosa: Jennifer no toma ninguna clase con Brooke; ¿cómo podríamos reunir a todo mundo? —agregó la joven, mientras recordaba que Brooke la había culpado por la mancha del cartel. Por lo que no deseaba perderse el próximo espectáculo.

—¿Qué tal la ceremonia de premiación en el gimnasio? —insinuó Jessica.

—¡Magnífico! Jess, eres perfecta para hacer el mal —exclamó Lila—. Ahora la siguiente pregunta: ¿Cómo organizamos nuestro malévolo plan?

—¡Sea lo que sea, deberá ser algo que la haga caer de cara al piso! —Lizzie recordaba la manera como Brooke se burló de su hermana cuando ésta se cayó en el gimnasio. Era la oportunidad para que ésta sintiera lo mismo, se prometió a sí misma.

—¿Cómo? —preguntaron todas las chicas, observando con sorpresa la expresión de disgusto de Elizabeth. Nadie podía creer que la dulce gemela pudiera aborrecer tanto a una persona.

—No estoy muy segura de cómo, pero sí sé quién la va hacer caer —confesó Lizzie, quien por estar pensando en los comentarios de Brooke acerca de su hermana, no había planeado nada.

—¡Su mejor amiga Jennifer! —aseguró Jess.

—¡Perfecto! Y cuando ella trate de denunciarla ante el profesor, todo mundo pensará que está loca por culpar a alguien inexistente.

—¡El castigo perfecto para una muchacha tan fatua! —expresó Lila deleitándose con sus propias palabras—. ¡Atención todo mundo! Lizzie ya planteó la situación, ahora debemos actuar. ¡Juntemos nuestras cabezas y pensemos algo bueno!

—Dirás algo malo —corrigió Janet a su prima.

—¡Apuesta a que así será! Y será algo tan deliciosamente diabólico que necesitaremos ayuda de los muchachos —apuntó Jess con mirada llena de astucia y picardía.

—¡Dinos, dinos! —pidieron a coro.

—¿Qué clase de ayuda?

—¿Qué pueden hacer los muchachos?

—Jerry McAllister asiste a un taller y el papá de Bruce Patman tiene la mejor herramienta del pueblo en su taller —explicó Jessica al círculo formado por sus curiosas amigas—. ¿No se dan cuenta? ¡Necesitamos ayuda especializada si queremos cortar de raíz a la pesada de Brooke! —agregó la entusiasta gemela.

# *Siete*

◇

El plan de Jessica era sencillo, pero a la vez
requería rapidez en su ejecución:

—Hablaremos mañana con los muchachos, y
Brooke tendrá su merecido el lunes. ¡Jerry y Bruce
se pondrán a trabajar en la «silla rompible» inmediatamente! —explicó Jess a las invitadas de Lila.

—¡Seguro! Siendo Jennifer la mejor amiga de
Brooke, le reservará un lugar «muy especial» el día
de la feria, exactamente frente al grupo, donde todo
mundo pueda ver la cara que pone cuando caiga de
la silla —describió Jess riéndose.

—¡Chispas! Yo nunca hubiera imaginado eso
—confesó Mary Giaccio sorprendida.

—¿Crees que Jerry pueda hacerlo sin que lo
descubran? —preguntó Lila.

—¡Por supuesto! He visto algunas cosas hechas por él en su clase de taller. ¡Es fantástico!
—exclamó Amy enfáticamente.

—¡Bruce también querrá cooperar! ¡Les llamaremos mañana! —afirmó Lizzie recordando aún la manera como Brooke humilló al muchacho en la cafetería de la escuela.

A pesar de que las jovencitas no durmieron casi nada por estar organizando su próxima travesura, al día siguiente estaban llenas de energía. Desayunaron *hot cakes* con mermelada de fresa, y regresaron a la recámara inmediatamente. Lila llamó por teléfono a Jerry y le explicó el plan, rodeada por las chicas, quienes estaban ansiosas de escuchar la conversación que ambos tendrían.

No hubo ninguna sorpresa en cuanto a la aceptación de Jerry para cooperar con las muchachas. Estaba tan entusiasmado que prometió llamar a Bruce y ponerse a trabajar inmediatamente en su taller y, esa tarde, ambos llamarían a Jessica para tenerla informada del avance en su trabajo.

Las risas de las chicas se oyeron en varias cuadras a la redonda cuando Lila colgó el telefonó. Todas estaban realmente contentas por su plan y muy satisfechas con la cooperación proporcionada por sus compañeros.

—Mientras tanto, alguien debe ir a la escuela y sacar del gimnasio una silla plegadiza —sugirió Lila.

—Mi hermano tiene una reunión especial con los *boy scouts* ahí esta tarde —informó Tamara, ofreciéndose como voluntaria.

—¡Perfecto! Tú y yo sacaremos la silla y la llevaremos a casa de Bruce —contestó Jessica.

A pesar de que otras muchachas deseaban participar en el plan secreto, todas estuvieron de acuerdo en permanecer alejadas, pues cualquier multitud podría despertar sospechas y el riesgo de ser sorprendidas sustrayendo una silla de la escuela, crecería al doble. Por tal razón, sólo Jessica y Tamara fueron a la casa de Patman, ubicada en una colina desde donde se dominaba todo el valle, llevando consigo la silla plegadiza de metal.

—¡Hola, muchachas! Pasen al taller, Jerry ya ha ideado la manera de hacer que la silla se rompa en el momento preciso —indicó Bruce, quien iba vestido de manera informal con un pantalón de mezclilla y una camiseta de playa.

Jessica, Tamara y Bruce atravesaron presurosos el recibidor de mármol y se dirigieron al taller del padre del joven. Ahí, rodeado de taladros, sierras y otras herramientas, se encontraba Jerry, quien ya había cortado una tabla de madera por la mitad; las jovencitas pudieron observar que había algunas bisagras perfectamente colocadas a cada lado de las dos mitades.

—¡Oye, es grandioso! Ahora vamos a probar si funciona —exclamó alegremente Jessica.

Después que Jerry hubo cortado y adaptado la tabla a la medida de la silla, procedió a extraer los tornillos del asiento original. Los cuatro amigos jalaron y golpearon hasta que éste salió. Una vez fuera, Jerry colocó cuidadosamente el nuevo asiento.

—¡Ahí está! —mostró orgulloso—. ¿Quién quiere probarlo?

—¡Yo, no! Ya tuve suficientes caídas para el resto de mi vida —expresó Jessica convencida.

—¡Yo tampoco! Sólo ofrecí las herramientas, nunca mi cuerpo para probarlo —rechazó Bruce **tajantemente, pero expresando cierto temor.**

Jessica y Bruce dirigieron sus miradas hacia Tamara, quien de inmediato mostró una expresión de pánico en su rostro.

—¡Ni lo piensen! —declaró tajante la chica.

—Bueno, como es mi creación, yo seré el conejillo de indias —anunció amablemente Jerry.

El diseñador se dispuso a sentarse cuidadosamente sobre la silla. Durante algunos segundos, ésta lo sostuvo muy bien, pero en el preciso momento cuando el chico se disponía a investigar dónde estaba la falla, la silla se desplomó, haciendo un estrepitoso ruido bajo el gran peso del sorprendido Jerry, quien yacía sentado sobre el piso con los pies entre las partes destrozadas de la silla.

—¡Bravo! —gritó Bruce, mientras sus dos amigas aplaudían ruidosamente y Jerry reía agradecido.

—¡Funciona, funciona! ¡Me muero por ver a la «reina Brooke» aposentada en ese «trono»! —exclamaba Jessica emocionada.

—¡Cierto! Es lo menos que podemos hacer por ella después de todo cuanto ha hecho por nosotros. Pero, ¿cómo vamos a introducir esta silla de nuevo a la escuela? —preguntó finalmente Jerry.

—¡Eso déjamelo a mí! Ya pensaré en algo —aseguró Jess al joven.

Jessica y sus amigos pasaron toda la tarde hablando por teléfono y la noticia corrió por Sweet Valley. Muy pronto, todo mundo ya estaba enterado del malévolo plan para el día siguiente, durante el montaje de la feria del libro. Jess estaba muy entretenida hablando por teléfono y por ello tardó mucho en acordarse que aún existía el problema de la introducción de la silla a la escuela. Se encontraba haciendo su tarea, cuando le llegó la inspiración y bajó corriendo a la cochera de su casa.

—¿Estás ocupada, Lizzie? —preguntó Jess asomándose sigilosamente a la recámara de su hermana minutos después.

—¡Noooo, Jess! Sólo estoy haciendo esta tarea de historia por diversión —contestó Lizzie con marcado sarcasmo.

—¡Qué graciosa! Pero yo sí tengo algo más gracioso, ahora que si no quieres saber...

—Comentó Jessica alejándose del cuarto.

—Aunque no quiera, me lo dirás de todos modos, así pues, suéltalo de una vez. ¿Qué «bombazo» me trae mi hermana? —inquirió Lizzie sonriente mientras cerraba su libro de tareas.

—¡La manera de obligar a Brooke a llevar a la escuela su propia silla, eso es todo! —informó Jess orgullosa al tiempo que se dejaba caer sobre la cama de su hermana.

—¿Qué? ¡Ella nunca aceptará llevar esa silla a la escuela! —replicó Lizzie.

—Bueno, la silla tal vez no, pero, ¿qué tal si la transformamos en el diseño hecho por su amiga Jennifer para la feria del libro? —insinuó Jess.

—¡De acuerdo, si tú eres Jennifer! —espetó Lizzie, observando detenidamente a su hermana, quien yacía sobre la cama moviendo despreocupadamente los pies.

—¡Pero, Lizzie! ¡Tengo una reunión importante con las unicornios a primera hora de la mañana! Además, tú bien sabes que eres mejor actriz que yo —replicó Jess con una sonrisa que dejó ver el simpático hoyuelo de su mejilla izquierda.

—¡Yo seré Jennifer durante la feria! ¿Por qué tengo que acompañar a Brooke a la escuela también? ¡Eso te toca a ti!

—¡Ya lo sé, Lizzie! Pero debo asistir a la junta de mañana; ¡mi futuro depende de ello! Vamos a decidir la mejor manera de recaudar fondos. ¿Qué pasaría si estoy ausente y ellas deciden vender suscripciones para una revista? ¡Me moriría! —se quejaba Jess con disimulada angustia.

—¡No me interesa si terminas vendiendo salchichas, Jess! Estoy cansada de interpretar el papel de tu mejor amiga y a la vez de preocuparme por no ser descubierta. ¡Me dará mucho gusto cuando por fin demos a Brooke su merecido y tú y yo podamos volver a ser nosotras mismas! —confesó Elizabeth muy enojada.

—¡No falta mucho, Lizzie! —prometió Jess levantándose de la cama y conduciendo a su hermana a su cuarto donde le señaló un empaque de cartón que estaba sobre el piso—. Encontré el disfraz perfecto para la silla, ¿te acuerdas cuando Steven organizó un equipo de basquetbol y suplicó a papá y mamá que le compraran una canasta para practicar? ¡Pues encontré en la cochera la caja donde venía empacada la canasta!

Elizabeth admitió que el plan sonaba perfecto. Después de todo, Jennifer y los demás alumnos tenían que exponer sus trabajos para la feria escolar del libro y como la silla cabía perfectamente dentro de la caja, los vigilantes del colegio permitirían, sin ningún problema, introducir el empaque hasta el gimnasio, donde más tarde alguien iría a colocar la silla en el lugar apropiado.

—¡Si me haces este favor, Lizzie, nunca más volveré a pedirte otra cosa en mi vida! Es más, yo fingiré ser Jennifer cuando telefonee a Brooke para pedirle ayuda y me cuente cómo estuvo el estreno en Hollywood. Seré dulce con ella, te lo juro, siempre y cuando no tenga que verla en persona —dijo Jess, bailando emocionada y acercándole la caja de cartón para que procediera a empacarla.

Mientras Elizabeth empacaba la silla plegable dentro de la caja, su hermana llamó a Brooke, fingiendo la voz más tierna que uno pueda imaginar. Informó a su amiga que había terminado su diseño para la exposición y que sus hermanas estarían muy ocupadas al siguiente día.

—¡Por todos los cielos! ¿Puedes creer lo que esa grosera acaba de decirme? —preguntó Jess con un tono muy diferente al que había empleado sólo unos segundos antes.

—¿Qué sucede? —inquirió Lizzie terminando de rotular el paquete con la leyenda: "Feria del Libro". Notó inmediatamente lo enfurecida que estaba en ese momento su hermana.

—¡Brooke! ¡Eso es lo que pasa! Me acaba de informar que le dará mucho gusto ayudarme.

—¿Y...? ¡Eso es maravilloso! Ya no tendremos ningún problema para llevar a cabo el plan —exclamó Lizzie sin comprender.

—¡Pero no escuchaste por qué quiere ayudarme! Espera que mi cartel se lleve el premio, pues de esa manera, ¡todos en la escuela olvidarán a la loca y pesada de Jessica! —concluyó Jess indignada, arrancando de un solo tajo la hoja de su cuaderno donde había iniciado su tarea momentos antes.

A la mañana siguiente, Brooke habló únicamente del incidente respecto al cartel y cómo Jessica había arruinado todas las oportunidades que ella había tenido para hacer nuevas amistades.

—Tan pronto como tu chiflada hermanita publicitó el incidente, todos creyeron que yo había arruinado el cartel a propósito —comentó Brooke a su amiga, quien iba atrás de ella, cargando una parte de la pesada caja. Jennifer, como siempre, llevaba puesto su listón detrás de la oreja, el cual armonizaba con el suéter que Steven le había prestado.

—Tal vez si te hubieras disculpado inmediatamente todo estaría ya olvidado —sugirió Elizabeth.

—¿Estás bromeando? ¿Crees que Jessica iba a dejar pasar la oportunidad de atraerse simpatías? ¡De ninguna manera! Sólo me usó para llamar la atención, ¡como si la necesitara! —comentó Brooke resentida por la actitud de Jess.

Elizabeth guardó silencio, pues si decía algo podía delatarse. Sin embargo, quería hacer entender a Brooke que no tenía derecho de juzgar a nadie en esa forma tan injusta y cruel. Pero haciendo un esfuerzo supremo, continuaba guardando silencio y sólo movía negativamente la cabeza expresando desaprobación, mientras su nueva amiga continuaba con su discurso. Sin embargo cuando Brooke llamó a Jessica «hipócrita», Lizzie no pudo soportar más y soltó el extremo de la caja y ésta fue a dar al suelo haciendo un ruido estrepitosamente metálico.

—¿Qué traes en la caja? Por supuesto no es un cartel ni algo parecido. ¿Qué hiciste? ¿Fabricaste una máquina impresora? —preguntó Brooke haciendo notar su enfado y curiosidad.

—¡Es una sorpresa! Espérate a la feria, después del almuerzo. ¡Creo que te gustará! —sugirió Lizzie a su amiga, sin poder concretar una respuesta mejor, debido a su enojo.

—Bueno, no es necesario, basta con que gane —admitió Brooke mientras llegaban a la escuela y se encaminaban hacia el gimnasio.

Allí dieron el paquete al vigilante y regresaron a la entrada principal a esperar el toque de la campana que indicaba el inicio de clases.

—Después de todo, si otra Wakefield puede obtener el premio, logrará desviar la atención depositada en Jessica —afirmó Brooke con tono de burla.

—¡Eso no importa! Mucho menos a ti, a quien las opiniones de los demás te tienen sin cuidado —estalló Lizzie casi perdiendo la calma. No podía creer que Brooke estuviera tan celosa de su hermana, cuando no había hecho ningún esfuerzo por congraciarse con sus compañeros.

—¡Me importa lo que pienses, Jennifer! Me sentiría muy orgullosa de ti al verte ganar el premio. ¡Te veré más tarde! —dijo Brooke a su amiga al sonar la llamada de entrada a clases.

Elizabeth también se despidió reflexionando por qué Brooke tenía la capacidad de despertar, al mismo tiempo, sentimientos tan contrarios como la furia y la tristeza en las personas que conocía.

# *Ocho*

◇

Después de la clase de matemáticas, Jessica y Lila alcanzaron a Elizabeth en el corredor. Ambas estaban agitadas y sin aliento.

—¡Llegó la hora de colocar el «trono» para la reina Brooke! —anunció festiva Jess.

—¡Todo está listo para la coronación de «su majestad»! Ya se los advertí a todos —comentó Lila, emocionada por el complot.

—Colocaremos esta cinta negra en el respaldo de la silla, Elizabeth; así no tendrás ningún problema en identificarla cuando estemos reunidos —informó Jess a su hermana mostrando la cinta negra.

—No sé, ¡tal vez no sea tan fácil! —aventuró Lizzie insegura de su futura interpretación de Jennifer, mientras se dirigían al gimnasio.

—¿Qué quieres decir? —preguntó Jess, deteniéndose a mitad del camino—. ¡Todo está bien! —agregó para tranquilizar a su hermana.

—¡Tal vez! Pero es una sucia treta. Brooke desearía, según me confesó, que el incidente del dibujo nunca hubiera pasado —le confió Lizzie, sintiéndose culpable.

—¡Después de todo lo que ha hecho y dicho, ya hemos sido bastante pacientes! Por lo que a mí respecta, estoy cansada de esperar e impaciente por ver su cara cuando reciba su lección, *¡ahora!* —aseveró Lila bastante disgustada por los comentarios de Lizzie.

—Elizabeth, bien sabemos lo gentil que eres y si no fuera porque debo presentar mi cartel ante el señor Bowman, con gusto haría el papel de Jennifer y acabaría con ese monstruo yo misma —explicó Jess a su hermana, tratando de convencerla y luego volvió su mirada a Lila, buscando su apoyo—. ¡Pero tengo que estar ahí enfrente mientras mi propia hermana le da su merecido! —agregó dramáticamente con tristeza.

—¡Es que no me parece justo! Todos nosotros burlándonos de Brooke —se quejó Lizzie, a pesar de querer complacer a su hermana.

—¡Fíjate en lo que dices! —advirtió Lila—. Estás confundida, Elizabeth. Es Brooke quien ha estado burlándose de todo aquel que se le acerca —añadió bastante molesta.

—No defraudarás a tu «pequeña hermana», ¿verdad Lizzie? —preguntó Jess, enlazando su brazo con el de su hermana y la guió hacia el gimnasio oscuro, mientras Lila encendía las luces.

Elizabeth pensaba en lo que su padre había dicho. Aún recordaba sus palabras durante la cena del pasado fin de semana: "No puedes saber por qué la gente es desagradable. Tal vez Brooke no es tan difícil como aparenta.'' Pero su padre no había escuchado a Brooke gritándole a Bruce, se dijo a sí misma. Tampoco había visto cómo lastimó a Lila y a casi todos. Ni había observado la sonrisa irónica que mostró la muchacha cuando Jessica se cayó en el gimnasio.

—¡No, no te defraudaré, Jess! —afirmó Lizzie con mucha seguridad.

Después de que su hermana había colocado la cinta negra en la silla, las tres jovencitas salieron del gimnasio y se fueron a su primera clase. Fuera del lugar, Lizzie sintió una mano firme sobre su hombro; volteó inmediatamente y se encontró con Brooke, quien estaba ya a su lado.

—¡Perdón, Elizabeth! Estoy buscando a Jennifer por todos lados. ¿La has visto? —preguntó Brooke amablemente.

—No, no la he visto —respondió Lizzie, recordando que su suéter rojo y su listón estaban guardados en su casillero y no tenía que fingir la voz susurrante de Jennifer en ese momento.

—Bueno, si la ves, ¿le puedes decir que me busque para almorzar juntas? ¡Es muy importante! —suplicó Brooke visiblemente pálida y angustiada.

Elizabeth prometió hacerlo y, durante todo el periodo de clases, se debatía entre ponerse el suéter y el listón e ir a la cafetería con Brooke o fingir que Lizzie nunca encontró a su hermana ficticia. La verdad ya no sentía ningún estímulo para seguir interpretando a Jennifer y le daba gusto pensar que el fin de la feria también sería el final de su molesta actuación, no obstante el empeño que puso en ésta.

—No te olvides. ¡Me urge ver a Jennifer! —imploró nuevamente Brooke a Lizzie cuando sonó la campana de salida. Había algo en su voz que denotaba una verdadera urgencia.

Elizabeth encontró a Brooke ocupando una mesa en la cafetería con únicamente un refresco y dos paquetes de envoltura plateada sobre su charola.

—¿No vas a comer? —preguntó Lizzie, fingiendo muy bien la voz de Jennifer.

—No tengo muchas ganas —respondió Brooke como única respuesta—. ¡Vámonos, Jennifer, tengo algo que puedes comer pero en otro lugar! —añadió tomando sus paquetes plateados y guió a Lizzie hasta los campos atrás de la escuela.

Elizabeth debía admitir que se encontraba muy a gusto recostada de espaldas al pasto, observando el antiguo edificio escolar de ladrillo rojo, que contrastaba bellamente con el cielo siempre transparente y azul de California.

—Vengo mucho a este lugar. Pues es magnífico para reflexionar —confesó Brooke, señalando el solitario paraje rodeado por amplios jardines.

Elizabeth recordó también su «lugar para pensar» bajo aquel viejo árbol de pino en el patio de su casa. Creía firmemente que era muy útil tener un lugar así, pero también estaba segura de que las personas acudían a él sólo cuando tenían algún problema y necesitaban meditar.

—¿Qué te pasa, Brooke? Te ves muy deprimida el día de hoy —inquirió Lizzie.

—Me supongo que es por mi triste cumpleaños —respondió Brooke abriendo un paquete de los que llevaba y ofreciendo otro a su amiga Elizabeth.

—¡De veras! ¡Hoy es tu cumpleaños! —exclamó Lizzie, aceptando el paquete que contenía una deliciosa barra de pastel de chocolate, cubierto con betún color blanco y decorado con pequeñas flores azules—. ¡Cielos! ¡Qué delicioso pastel! ¡Me encanta el chocolate! —expresó finalmente la gemela.

—¡Lo detesto!, pero papá ni siquiera me preguntó qué clase de pastel quería. Únicamente llamó a la mejor pastelería de esta ciudad y ordenó enviarlo a la casa —exclamó sentimentalmente Brooke cerrando sus ojos como tratando de ocultar algo que Elizabeth pensó eran lágrimas.

—¡Siento mucho haber olvidado tu cumpleaños, Brooke! Por fortuna, tu familia sí lo recordó.

—¿Cuál familia? —protestó la chica observando a Lizzie—. El mensajero de la pastelería fue el único en felicitarme por mi cumpleaños —su voz sonaba entrecortada por las lágrimas—. Bueno, eso no importa; pero mi papá ni siquiera estaba en casa. Tuvo que asistir a una conferencia en Hollywood. ¡Cómo desearía no habernos cambiado! —admitió Brooke y sus ojos rebosaron de llanto.

—Es difícil cuando tienes padres demasiado ocupados —aceptó Lizzie.

—¡Por lo menos tienes dos padres quienes se preocupan por ti! A mi madre no le importo en lo más mínimo, es más, ¡ella quisiera lastimarme todavía más! —reprochó Brooke muy enojada.

—¿Qué quieres decir, Brooke? ¡Estoy segura de que tu madre no quiere herirte! —respondió Lizzie, recordando que la chica nunca había mencionado en las conversaciones a su madre; inclusive, Lizzie llegó a pensar que había muerto.

—Entonces, ¿por qué me dejó? Prometió venir a verme tan pronto pudiera, sin embargo, ¿por qué aceptó irse? —se cuestionaba Brooke bañada en abundantes lágrimas.

En ese momento, Lizzie recordó todas aquellas palabras agresivas que Brooke había dicho de sus compañeras, pero ahora entendía todo el rencor de su amiga. Por primera vez lo que su padre había dicho tenía sentido. Tal vez ésta no tenía tanto como aparentaba, quizás sus carencias eran mayores.

—Mis padres se divorciaron hace unos años. Cuando mi madre se volvió a casar, el juez le dijo que no podía llevarme a Europa con ella, pues mi padre había ganado la custodia sobre mí; debería ser él quien aceptara mi traslado. En ese tiempo, mi mamá iba a tener un bebé y eligió partir con su esposo, dejándome atrás. ¡No me llamó el día de hoy, ni siquiera me envió una tarjeta! —confesó Brooke y se veía más pequeña y deprimida que nunca.

La chica se dobló sobre sí misma poniendo la cabeza entre sus manos y despertó en Elizabeth sentimientos de conmiseración por ella, ¡se veía tan pequeña, tan vulnerable!, pero al mismo tiempo, la gemela recordaba cómo había tratado a su hermana. ¡Cómo deseaba no haber almorzado con Brooke!

—¿Sabes una cosa, Jennifer? Tú eres la primera amiga que tengo —expresó Brooke levantando la cabeza y mirando fijamente a Lizzie.

"¡Y Jennifer ni siquiera existe!", cavilaba para sí misma Lizzie, sintiéndose cada vez más culpable.

—¡Por lo menos hasta ahora! —continuó quejándose Brooke—. Después que mamá me abandonó, mi comportamiento se tornó agresivo, pues yo necesitaba las atenciones que mami tenía conmigo —afirmó arrancando un pedazo de pasto y arrojándolo hacia la escuela—, y si yo no podía aceptar a ninguna persona, era obvio que tampoco nadie podía aceptarme, especialmente Jessica a quien parece que todo mundo ama. Ella tiene todo; yo, nada. ¡Odio ser yo misma! —finalizó diciendo entre lágrimas y sollozos.

El papá de Lizzie tenía razón; después de todo, Brooke Dennis no era tan afortunada como parecía. Todos estaban equivocados y era ella quien debía corregir toda esa situación.

—¡Lo siento mucho! —fue lo único que se le ocurrió a Lizzie decir, pero era sincera.

—¡Me siento tan contenta por tener a alguien con quien hablar! —confesó Brooke limpiando sus ojos con el dorso de su mano cuidadosamente manicurada—. Debes pensar que soy una chica insoportable, Jennifer, pero cada vez que nos mudamos, es lo mismo: creo que alguien quiere lastimarme, y, por desgracia, siempre sucede. Tengo que actuar como si no me importara nada, pero algunas veces, como ahora, es realmente difícil —agregó la chica ya un poco más calmada.

—Tal vez, si no pensaras que disgustas a la gente, ellos tendrían la oportunidad de conocerte mejor —sugirió Lizzie con gentileza.

—No lo creo; el día cuando conocí a Jessica acompañada por ese horrible perro, supe que Sweet Valley iba a ser lo mismo; es decir: mi mamá organizaba exposiciones caninas y les dedicaba más tiempo a ellos que a mí; actualmente continúa con ellos, mientras que yo estoy más alejada de ella.

—¡Pero no diste ninguna oportunidad a Jessica!

—¡No la necesitaba! Una mirada fue suficiente para darme cuenta que ella tenía una madre a quien poco o nada le importaban esos sucios perros. ¡Ese animal casi me hizo llorar! Y, cuando Jessica me saludó tan amigablemente, me imaginé que querría ser tan simpática como antipática fue después —insistió Brooke con mucha seguridad.

Elizabeth sabía que había mucho por explicar, pero también estaba segura de que existía algo más importante e inmediato: debía detener la cruel broma que habían preparado para ella, pues si ésta descubría que su mejor amiga la había engañado, nunca más volvería a confiar en nadie. La arrogancia de Brooke podría desaparecer con gentileza y comprensión, pero nunca con una broma de esa naturaleza, por lo que debía evitarla cuanto antes.

—Me siento mucho mejor, Jennifer. Me hubiera gustado que estuvieras conmigo en mis clases. ¡Extraño nuestras pláticas! —afirmó la chica sacudiendo el pasto de su delicada falda plisada.

Elizabeth se sentía más horriblemente culpable que nunca; le hubiera gustado hundirse en el piso hasta desaparecer, pero más que eso, deseaba fervientemente hacer algo en favor de Brooke Dennis.

—¡Ven! Dejemos la feria en paz y conversemos largamente hasta mi casa. ¡Nadie nos va a extrañar! —invitó Lizzie a su amiga, tomándola de la mano.

—¡De ninguna manera, Jennifer! Trabajaste mucho para esta feria como para que la dejes ahora cuando tienes grandes oportunidades de ganar —expresó Brooke sonriendo, por primera vez, sinceramente, como nunca la había visto su amiga.

—¡Odio las multitudes! Además, ¿qué tal si cuando suba por el premio mi nerviosismo me traiciona poniéndome en ridículo delante de toda esa gente? —inventó Lizzie rápidamente, esperanzada en convencer a Brooke de alejarse del gimnasio.

El plan de Jessica era perfecto: desde que la chica ayudó a Jennifer a cargar su diseño, se acrecentó su determinación de verla ganar y mientras más crecía el entusiasmo de Brooke, más grande era el sentimiento de culpa de Elizabeth.

—¡No te preocupes! Si sientes miedo cuando subas a recibir tu premio, sólo mira al público: ahí estará, frente a ti, una amiga apoyándote —finalizó diciendo Brooke, llena de ternura y cariño por su reciente amiga Jennifer.

# Nueve

◆

Elizabeth echó un vistazo a todo el gimnasio. Las tribunas estaban en la parte de atrás y las sillas fueron colocadas alrededor del foro. El señor Bowman y Jessica se encontraban sentados cerca del micrófono, donde la presentación tendría lugar. Así, mientras las dos jovencitas caminaban por entre la multitud, Jennifer recibía saludos de sus amigos y su acompañante también.

—¡Hola, Jennifer! ¿Cómo te va? —saludó Charlie Cashman guiñando un ojo a la gemela y señalando hacia la fila de sillas—. Si se apuran, podrán ocupar las dos últimas sillas que se encuentran disponibles en la casa.

Lizzie sonrió nerviosa y trató de guiar a Brooke hacia otro lugar desocupado en la última fila. **Había decidido evitar que su amiga se sentara en la silla que Jerry había preparado para ella, ahora que estaba enterada de lo infeliz y confundida que** se encontraba su vecina, quien confiaba en ella y necesitaba su amistad. ¡Elizabeth no podía defraudarla en estos momentos!

—¡Aquí, Brooke! Vamos a sentarnos aquí atrás, ¡Odio sentarme enfrente! —sugirió Lizzie.

—¡No seas tonta! ¡Sólo hay un lugar! Además, necesitas estar adelante para cuando ganes el premio —añadió Brooke, mostrando la misma sonrisa sincera y cariñosa que Lizzie había visto hacía unos momentos.

—¡Está bien! Me sentaré enfrente, pero me sentiré muy apenada si descubro que me estás observando. ¡Por favor, siéntate aquí! Te veré después —acordó Lizzie quien sabía que su comportamiento era ridículo, sin embargo, estaba determinada a evitar que Brooke cayera en la trampa que le habían preparado sus compañeros de clase.

Cuando las chicas se acercaban al lugar vacío junto a una silla también desocupada, un joven corrió hacia ellas. Era Bruce Patman, quien se movía con tal velocidad como si estuviera en una competencia de carreras.

—¡Discúlpenme, damas! Ese lugar está ocupado —informó Bruce muy agitado.

—Te vi sentado junto a Jerry McAllister —protestó Lizzie, ignorando la falsa sonrisa del muchacho.

—¡Así es! Tal vez creas ser el chico más extraordinario de todo el planeta, pero aun tú no puedes ocupar dos sillas al mismo tiempo —reprochó Brooke usando su glacial tono de siempre.

—No necesita hacerlo —se oyó una voz atrás del grupo—. Ese lugar está reservado para mí —informó oportunamente Lila Fowler, dirigiendo una petulante mirada a las chicas para después ocupar la silla en disputa—. Estoy segura que disfrutarán mucho mejor la ceremonia desde el frente, Brooke. Después de todo, no podemos permitir que alguien de tu categoría viaje en otra clase que no sea la de primera —finalizó con ironía Lila, observando detenidamente a Lizzie, quien para ese momento, sentía que no iba a soportar tanta angustia.

Ahora los únicos lugares que quedaban desocupados eran los dos del frente, hacia donde Brooke se dirigió furiosa sin darse cuenta de la desesperada decisión que su amiga Lizzie había tomado. Cuando Brooke se iba a sentar en la silla señalada con la cinta negra, Elizabeth la tomó del brazo.

—¡Yo ocuparé ese asiento, Brooke! —ordenó Lizzie alejándola del lugar y esperando una respuesta negativa. Pero, para su sorpresa, su amiga accedió muy amablemente.

—¡Está bien, Jennifer! No me interesa ocupar una silla en particular y si quieres ese lugar, ¡lo tendrás! —aceptó Brooke al momento en que el señor Bowman pedía silencio y ella se disponía a ocupar el lugar vacío.

Pero Jessica no estaba dispuesta a permitir que Brooke no recibiera su lección, así que con agilidad casi felina saltó desde la plataforma y corrió rápidamente hasta donde se encontraban las dos chicas. Tomó a Elizabeth del brazo y la alejó de la silla que tenían reservada para Brooke.

—No, Lizzie, tú no puedes sentarte ahí. ¡Arruinarás todo! —susurró Jessica a su hermana—. ¡Lo siento! Ninguna de las dos puede ocupar estos lugares. ¡Están reservados! —afirmó Jess subiendo el volumen de su voz; estaba convencida que su oposición a que las chicas ocuparan esos asientos, despertaría la arrogancia de Brooke, quien con todª seguridad insistiría en sentarse ahí.

—Ésta es una escuela pública. ¡Nadie puede humillarnos, Jennifer! —expresó Brooke llena de furia, empujando a Elizabeth hacia la silla segura y ocupando ella el lugar que Jerry y Bruce habían preparado. Mientras tanto, Jessica, satisfecha, regresaba a su lugar junto al señor Bowman.

Elizabeth contuvo el aliento, demasiado impresionada para moverse. "Tal vez cuando el director empiece su discurso, todo se arreglará; quizás la trampa de Jerry no funcione", pensaba Lizzie con un profundo sentimiento de esperanza.

—Y ahora voy a pedir a alguien, quien ha trabajado con tesón en su cartel, que entregue este premio. ¿Nos harías ese favor, Jessica Wakefield? —preguntó el director dirigiéndose a todo el público para terminar observando directamente a Jessica—. El nombre del triunfador se encuentra dentro del sobre. Léelo con voz fuerte —sugirió el señor Bowman, mientras pasaba el sobre a la chica quien recibía todas las miradas expectantes de sus compañeros ahí reunidos.

—Dice... ¡Jessica Wakefield! ¡Debe ser un error! Yo... —tartamudeaba incrédula Jess, cambiando su expresión de asombro a júbilo completo.

—¡No hay error, Jessica! Todo el jurado calificador coincidió en que tu diseño, aunque estaba destruido, mostraba trabajo, dedicación y originalidad —aseguró el director, observando a la premiada y ofreciéndole un aplauso de triunfo.

Todos los estudiantes en el gimnasio estuvieron de acuerdo, mientras Jess reía y saltaba de gusto. Elizabeth estaba tan emocionada que olvidó a Brooke por un momento. ¡Todo era tan maravilloso! El trabajo de Jessica no había sido inútil y se sentía tan dichosa como si ella hubiera sido la triunfadora del concurso. De pie, aplaudía fuertemente a su querida hermana gemela.

Sólo recordó a Brooke cuando se dio cuenta que ésta también estaba de pie, apoyando a Jess, como lo hacía Lizzie.

—¡Tal vez ahora, Jessica no se porte tan mal conmigo, Jennifer! ¡Estoy muy contenta! —expresaba Brooke jubilosa, sentándose sobre la silla, mientras todos seguían aplaudiendo y el señor Bowman se dirigía hacia el micrófono.

Con un estrepitoso ruido, el asiento falso de la silla se hundió atrapando a Brooke. Cayó aún sentada con los pies trabados en forma por demás graciosa. El silencio reinó sólo unos segundos, para después estallar en ruidosas carcajadas de todos los ahí presentes. Brooke miró detenidamente a su amiga recordando todos los incidentes ocurridos por la disputa de ese lugar.

—¡Tú lo sabías! ¿Por qué no me lo dijiste? Y yo que confiaba en ti —acusó Brooke llena de dolor y vergüenza a Lizzie, quien en ese preciso momento deseaba desaparecer de este mundo.

Todos aquellos jóvenes que habían sido insultados por Brooke continuaban riéndose mientras ésta luchaba por incorporarse sin lograrlo. Junto a ella, Elizabeth, muy avergonzada, intentaba ayudar a levantarse a la chica

—¡No me toques! ¡No necesito tu ayuda ni la de nadie! —gritó humillada.

—¡Vamos, Brooke! Deja ver si te podemos sacar de ahí. Parece que tuviste problemas con tu silla —exclamó el señor Bowman tratando de ser simpático con ella.

—¡No fue un accidente! —explicó Brooke llorando a gritos—. ¡Fue Jennifer! ¡Es suya la culpa! —acusó la chica señalando a Elizabeth.

—¿Quieres decir que Elizabeth rompió tu silla? ¡No creo que debas culpar a nadie! —insistió el señor Bowman a Brooke, quien ahora ya estaba un poco más calmada.

—¡Sí, ella fue! ¡Jennifer lo supo todo el tiempo! —lloriqueó la afectada.

—¡Ella es Elizabeth! Lo sé porque su gemela está en el estrado —corrigió el director sonriendo.

—¡Es Jennifer! ¡No son gemelas, son trillizas! —insistió Brooke sin darse cuenta aún de la broma.

Los estudiantes que la escuchaban no pudieron aguantar más y rompieron en carcajadas, burlándose de la confusión de Brooke.

—Admito que algunas veces pareciera que existen tres señoritas Wakefield en la escuela, pero me temo que Elizabeth y Jessica son las únicas Wakefield inscritas aquí —aclaró el maestro con paciencia.

—¡No! ¡Es Jennifer! —insistía Brooke una y otra vez moviendo la cabeza.

Parecía negarse a creer que había sido engañada. No fue sino hasta que observó la expresión de tristeza y culpabilidad de Elizabeth, además de las risas burlonas que la rodeaban cuando, finalmente, se dio cuenta de todo.

—¿Cómo pudieron? —reclamó una y otra vez, mirando a todos los jóvenes a su alrededor, hasta detenerse en Elizabeth, quien estaba demasiado avergonzada como para ver a su amiga a la cara.

Brooke salió tan rápido del lugar, que casi nadie lo advirtió. Lizzie ahora se daba cuenta de lo equivocados que todos habían estado respecto a la chica. Siendo ella la única que pudo haber evitado el problema, ¡había fallado! Ahora, sólo pensaba en lo que diría a Brooke para explicarle la broma y esperar que la chica algún día la perdonara...

Lizzie corrió tras su vecina decidida a hacerla comprender. Pero todo fue inútil; tan pronto como la alcanzó, ésta mostró, en ese preciso momento, su más fría e imperturbable expresión.

—¡Por favor, Brooke! ¡Déjame explicarte! —suplicaba Lizzie angustiada.

—¡Escucha, Jennifer, Elizabeth, Jessica o quien seas! No quiero ninguna explicación. ¡Sólo vete y déjame sola! —gritaba Brooke furiosa corriendo a través del patio de la escuela.

Exhausta, Lizzie observó cómo se alejaba Brooke. Se detuvo un momento para reflexionar acerca de su participación en esa broma tan pesada, pues nunca pensó en las consecuencias. La jovencita continuó buscando a Brooke durante quince minutos más, tiempo que tardó en recordar su «lugar para pensar», lo cual de inmediato le trajo a la memoria el sitio secreto de Brooke en la parte posterior del jardín.

Efectivamente, Lizzie encontró a su amiga sentada con la cabeza entre las manos, en el mismo lugar donde habían almorzado juntas, Brooke lloraba desesperadamente, y no advirtió cuando Lizzie se sentó junto a ella. Esta vez, la gemela no reprimió sus impulsos de poder consolarla; pasó su brazo sobre la espalda de la abatida Brooke y permitió que ésta llorara en su hombro.

—¡Pensé que eras mi amiga! ¿Cómo permitiste que hicieran esto conmigo? ¿Cómo pudiste mentir de esa manera? —le reprochaba Brooke mientras dos lágrimas corrían por sus mejillas aún sonrosadas.

—¡Traté de impedírselos hoy, Brooke! ¡De veras! Una vez que me enteré cómo eres realmente, ya no quise seguir en el juego. ¡Sólo que las cosas llegaron demasiado lejos! —se justificaba Lizzie.

—¡Claro que sí! ¡Quería desaparecer e irme a un lugar donde nadie me lastime; ni mi mamá, ni mi padre, ni tú, ni nadie! —exclamó Brooke limpiándose las lágrimas.

—¡Lo siento! Me gustaría que aún fuéramos amigas, Brooke. ¿Podríamos empezar de nuevo? —preguntó finalmente Lizzie con mucha sinceridad.

—¿Para qué? Tendríamos que empezar de nuevo, pero nada sería diferente. ¡Todos me odian! —se lamentó Brooke.

—¡Yo no! —afirmó Lizzie con seguridad.

—A propósito, ¿quién eres tú?

—Soy Elizabeth y quiero ser tu amiga, si me lo permites. Sé que es difícil creerlo, pero realmente me interesa lo que te pasa.

—¡Pues eres la única! —protestó Brooke levantándose del lugar y marchándose sin mirar atrás.

# *Diez*

◇

Cuando Elizabeth llegó a casa, su madre y su hermana la estaban esperando. La expresión de la señora Wakefield reflejaba claramente que algo grave estaba sucediendo. Jessica se encontraba sentada a un lado de la mesa de la cocina visiblemente consternada. Como la mesa estaba completamente vacía, sin restos de alguna comida o artículos escolares, sólo las manos de su mamá y de su hermana sobre ella, Lizzie supuso que se llevaría a cabo una reunión familiar.

—El señor Dennis acaba de llamarme por teléfono para darme una pésima noticia. ¡Espero que tanto tú como Jessica puedan mejorarla! —empezó diciendo la señora, mientras Jess lanzaba miradas angustiadas a su hermana.

—Según sé, ustedes dos participaron en una broma de muy mal gusto, de esas que pueden herir profundamente a una persona. El papá de Brooke me dijo que su hija fue víctima de una broma muy cruel. Y, tal parece, ustedes están detrás de todo este problema. Espero que el señor Dennis esté equivocado —advirtió la señora suavemente, pero usando ese tono de voz tranquilo y suave que siempre hacía sentir a las muchachas más culpables.

—No lo está, mamá. Lo que dijo el señor Dennis es verdad. Creo que Brooke ya no volverá a confiar en nadie y, ¡todo por nuestra culpa! —respondió Lizzie con firmeza, mirando a los ojos de su madre mientras que Jess bajaba la cabeza.

En ese momento, Steven llegó a la casa, irrumpió en la cocina dirigiéndose directamente al refrigerador mientras las gemelas narraban, con lujo de detalles, la historia completa de la broma. Elizabeth, por su parte, relató cuanto sabía de los problemas familiares de Brooke. Por fin. toda la familia comprendía por qué su vecina era tan desagradable.

—Bueno —suspiró la señora—, todo parece indicar que Brooke está bastante confundida. Yo, por mi parte, pretendo tener una larga plática con el señor Dennis. Ustedes, ¿qué van a hacer? Las conozco bien y sé que no permitirán que Brooke continúe sufriendo —concluyó la señora observando atentamente la actitud que asumían sus hijas ante la penosa y cruel situación.

—Pero, ¿qué podemos hacer, mami? ¡Como Brooke está tan enojada, nunca volverá a dirigirnos la palabra! —exclamó Jess desanimada.

—¡Tiene razón! Y lo peor es que no la culpo —aceptó Lizzie.

—¡Tal vez aún quiera hablar con Jennifer! —sugirió Steven, satisfecho con la idea.

—¿Qué quieres decir? El asunto de las trillizas empezó todo este problema, según tengo entendido —añadió la señora un tanto confundida.

—¡Por eso mismo, ella es quien debe resolverlo! —explicó Steven.

—Pero, ¡ambas interpretamos a Jennifer! ¿Cómo podrían dos Jennifer darle disculpas a Brooke? —preguntó Lizzie a su hermano.

—¡Muy fácil! Sólo vístanse como Jennifer y oblíguenla a comprender que están doblemente apenadas. Demuéstrenle que ganó dos amigas verdaderas, en lugar de una enemiga inexistente —aclaró el joven.

—Y los demás, ¿no cuentan? ¡Te aseguro que muchos en la escuela querrán ser amigos de Brooke! —afirmó Jessica llena de entusiasmo.

—¡Tienes razón, Jess! Creo que éste es el primer llamado para convocar una reunión de emergencia en el nuevo club «admiradoras de Brooke» —replicó Lizzie alegremente, pensando que si aquélla no podía creerles sólo a ellas, tendría que hacerlo cuando muchos otros compañeros se mostraran amistosos con ella.

—¡Ya lo tienes, «hermana mayor»! ¿Cuántos amigos crees que podamos reunir y quieran cooperar? —preguntó Jess.

—Si convencemos a Caroline Pearce, seguramente tendríamos a toda la escuela aquí en un minuto —expresó Lizzie emocionada.

Horas más tarde, la sala de los Wakefield estaba repleta de compañeros de la escuela. Una vez que Lizzie les hubo explicado la triste situación familiar de Brooke, todos se sintieron culpables por haberla engañado de esa forma tan cruel.

—¡Especialmente en su cumpleaños! ¡Qué día para hacer llorar a alguien! —exclamó con profunda tristeza Julie Porter.

—¡Qué malos fuimos! ¡Ojalá no hubiera hecho tan bien el trabajo de esa silla! —se reprochaba Jerry McAllister.

—¡Se me ha ocurrido algo! Hemos pensado en cómo demostrar a Brooke nuestro arrepentimiento —informó Caroline, enlazando con sus brazos a Amy y Elizabeth, y pidiendo silencio.

Todo mundo rodeó a las tres chicas, inclusive la señora Wakefield y su hijo, quienes en ese momento entraban llevando una buena dotación de palomitas de maíz recién hechas.

—¡Es muy simple! Daremos a Brooke otra sorpresa de cumpleaños, sólo que esta vez será muy agradable. ¡Le organizaremos la más grande y mejor fiesta de cumpleaños que nunca haya tenido! —explicó Caroline.

—¡Suena bien! Pero, ¿cómo vamos a hacer para que Brooke venga aquí? Ella no se lleva bien con nadie de aquí —acotó Steven.

—¡No se preocupen por eso! Hablaré con el señor Dennis y lo convenceré de que traiga a Brooke, ¿qué les parece? —sugirió gustosa por cooperar con los chicos la señora Wakefield.

—¡Grandioso! ¡Me encantan las fiestas de cumpleaños! —exclamó Amy jubilosa.

—Bueno, si va a haber algo de comida, tendré que ir a la tienda, me supongo. ¿Algo en especial? —preguntó la señora a sus invitados.

—¿Qué tal unos tacos?

—¡Y mejor con papas fritas!

—¡Esperen un momento! Haré una lista —pidió sonriente la señora, tomando una hoja de papel y un lápiz de la mesa de servicio.

—¡La haré por usted, y luego iremos juntas a la tienda! ¡Me encanta ir de compras! —expresó Mary Giaccio riéndose y tomó el papel y el lápiz de la mano de la señora Wakefield.

—Y, ya que estamos en esto, ¿qué tal un pastel? —sugirió la señora.

—¡En eso precisamente estábamos pensando! Si esto va a ser una fiesta de cumpleaños sorpresa, queremos que el pastel sea lo mejor de todo —indicó Lizzie, mirando el gesto aprobatorio de sus amigas Amy y Julie.

La señora Wakefield observaba orgullosa a sus hijas y a los amigos de éstas. Sabía que todos habían cometido un grave error, pero se estaban esforzando en reparar su falta.

—¡Muy bien, mami! Ustedes dos tienen que comprar una tonelada de cosas y el resto nos enfrentaremos al problema de la cocina —informó guiando amablemente a su mamá y a su amiga Mary hacia la puerta principal.

—¡Tienes razón! Si queremos disfrutar un delicioso pastel de vainilla con naranja rayada para esta noche, será mejor que empecemos ahora —sugirió entusiasmada Lizzie.

—¿Por qué no de chocolate? —inquirió Steven quejándose de la elección.

—Me temo que tendrá que ser de vainilla esta noche. ¡Sé que Brooke odia el chocolate! —informó Lizzie a su hermano, mientras conducía a sus compañeros hacia la cocina estilo español.

—¿De veras? Y, ¿quién te lo dijo? —inquirió decepcionado Steven.

—La mejor amiga de Brooke, ¡por supuesto! —sonrió Lizzie a su hermano.

Cada uno de los miembros del ruidoso grupo se concretó a realizar una tarea específica. Caroline Pearce observaba satisfecha a sus compañeros. Todo mundo estaba de acuerdo en que ésta sería la fiesta de cumpleaños más bonita jamás vista. Ella y Amy habían colocado una tira de papel crepé amarilla y rosa de un extremo a otro de la sala. Lila quería incluir el color morado de las unicornios en el adorno, pero varias chicas rechazaron la idea, al mismo tiempo que colocaban palomitas de maíz y dulces en cada mesa, mientras otras colgaban del techo vistosos y coloridos globos.

Abajo de una estrella, colocada en la mitad de la habitación, se encontraba la atracción principal: un enorme pastel decorado con rositas y velas blancas. Elizabeth y su grupo de reposteras habían cumplido con su tarea. Steven, quien no había resistido la tentación de probar el merengue del pastel, con sonrisa de satisfacción les hizo saber que su obra quedó tan deliciosa como se veía.

—¡Realmente han trabajado! ¿No es grandioso? —preguntó la señora Wakefield a Mary, tan pronto como llegaron a la casa y se dieron cuenta de todos los preparativos.

—¡Esos adornos lucen fantásticos! —confirmó Mary a la señora, tomándola del brazo—. Saquemos todas las cosas que compramos y pongámoslas en su lugar —agregó la chica llevando a la señora de la mano hacia la cocina.

—¡Nunca creí que Mary fuera tan buena ayudante de mamá! —exclamó Jess.

—¡Ni yo! No me imagino queriendo desempacar las cosas de la despensa —replicó Lizzie, observando a su amiga quien conducía presurosa a su madre a la cocina.

—¡Hola! ¿Hay alguien que prefiera ayudar a un adulto, en lugar de estar en la diversión? —preguntó alegremente el señor Wakefield.

—¡Yo voy! —respondió Lizzie corriendo hacia el recibidor de la casa donde se encontraba esperando su papá. Su hija le ayudó con el portafolio y lo condujo a la sala, donde el señor no cabía en su sorpresa al ver la decoración.

—Realmente no me esperaba este recibimiento. ¡Ni siquiera gané el caso del día de hoy! ¿A qué se debe el homenaje? —comentó bromeando el señor al observar los adornos de globos y a los jóvenes entusiastas.

—Papi, no necesitas ganar un caso para merecer una fiesta. Nos da mucho gusto que estés en casa —respondió Jessica siguiendo la broma de su padre.

—¡Exacto! Eso no es problema. De hecho, un aumento en nuestro presupuesto sería suficiente agradecimiento —añadió jugando Steven al tiempo que colocaba su mano sobre el hombro de su padre.

—¡Lo siento, muchachos! Según parece, la muchacha festejada no está de humor para fiestas —interrumpió la señora Wakefield al grupo que inmediatamente dejó de reír y hacer bromas con el padre de las anfitrionas.

—¡Pero, si ya casi iba a venir! —se quejó Jessica mostrando su desconsuelo.

—¡Creo que llevaron la broma demasiado lejos, muchachos! —anunció la señora Wakefield—. Brooke dijo a su padre que no desea ver ni a Elizabeth ni a Jess, ¡en toda su vida!

# *Once*

◇

Todo mundo se encontraba consternado en la mansión Wakefield, y en eso una vocecita rompió el pesado silencio que inundaba la habitación.

—Bien, si Brooke no viene a nosotros, ¡nosotras iremos a ella! —decidió Lizzie al tiempo que ascendía rápidamente por las escaleras dirigiéndose a su recámara para regresar sólo unos segundos después y tomar a su hermana del brazo, guiándola hacia la salida—. ¡Vamos, «pequeña hermana», tenemos mucho por hacer! ¡Que nadie se mueva, regresaremos con la invitada de honor! —ordenó a todos sus sorprendidos compañeros.

—Ojalá sepas lo que estás haciendo —se quejó Jess con su hermana mientras corrían hacia la calle—. ¡Oye, ése no es el camino a la casa de Brooke! —afirmó la jovencita deteniéndose a mitad de la banqueta, mientras su hermana la guiaba por un camino completamente diferente.

—¡Ya lo sé! Pero es el camino hacia la casa de la señora Bramble —respondió Lizzie.

Esta amable señora era la dueña de la perrita cocker spaniel que Jessica paseaba cuando conoció a Brooke. La gentil y bondadosa señora Bramble se había convertido en la mejor amiga de las gemelas. Sin embargo, Jessica no comprendía cómo podría ayudarlas en ese momento.

—Si vamos a tratar de convencer a Brooke de que por lo menos nos hable, tendremos que impresionarla bastante. Por eso seguí esta dirección —explicó Lizzie extrayendo tres listones de su bolsa, los cuales fueron observados detenidamente por Jess, quien pudo reconocer que eran exactamente iguales a los que usaba Jennifer.

—Si Brooke odia a dos Jennifers, ¿cómo crees que aprobará a tres? Y, por otro lado, ¿tú crees que la señora Bramble aceptará usar uno de estos tontos listones? —inquirió Jess desconcertada.

—Por supuesto, ella no lo usará, será Sally quien lo lleve —informó Lizzie a su confundida hermana.

Cuando llegaron a casa de la dueña de la perrita, el desconcierto de Jess fue mayor al darse cuenta de que su hermana gemela pedía prestada a Sally. La señora Bramble accedió inmediatamente y sólo unos minutos más tarde, las tres se dirigían a la casa de Brooke. Formaban un gracioso trío: dos rubias gemelas idénticas y una simpática, aunque algo obesa, perrita, ¡todas lucían un hermoso listón rojo detrás de sus orejas!

Era tan gracioso el espectáculo, que aun la misma Brooke no pudo evitar reírse cuando abrió

repentinamente la puerta. Mas, dicha sonrisa sólo duró un minuto, por supuesto.

—Si creen que las voy a invitar a pasar para
que vuelvan a burlarse de mí, ¡están muy equivo-
cadas! —expresó la chica mostrando esa expresión
dura que ya era muy familiar para las gemelas.

—¡Está bien, Brooke! Yo haría lo mismo si
estuviera en tu lugar, únicamente venimos Jessica,
Sally y yo para demostrarte lo arrepentidas que estamos y disculparnos. Eso lo podemos hacer aquí
afuera —explicó Elizabeth mientras sujetaba con
fuerza la correa de la perrita para que no escapara.

—¡Por favor, Brooke! Queremos empezar todo
nuevamente —suplicó Jessica al ver por encima del
hombro de Brooke al señor Dennis, quien se encontraba en el recibidor guiñándole un ojo a Jessica
en señal de apoyo. Esta vez, Jess esperaba que el
papá ayudara a su propia hija.

—¡Mi hermana tiene razón! ¿Te acuerdas
cuando viste por primera vez a Jessica y Sally pa-
seando por esta calle? ¿Te acuerdas que Jessica
reflejaba todo aquello que tú nunca has tenido,
incluyendo a una vieja perrita, la cual, a decir verdad, está muy lejos de ser una belleza como las
expuestas por tu madre en las exposiciones caninas? —interrogaba Lizzie a Brooke, cuya cara se
ensombrecía de pena al escuchar las preguntas.

—¡En este momento te queremos enseñar que
las cosas no son como parecen! —dijo Lizzie
agachándose para alcanzar a Sally, quien para esos
momentos ya tenía el listón en la barba y lamía
amorosamente a Lizzie—. La vieja Sally no es
**nuestro perro** —confesó—, mientras la mascota se

movía hacía Brooke, colocando sus patas delanteras sobre las rodillas de la chica. Pero esta vez Brooke no la rechazó violentamente como la primera ocasión; se inclinó y empezó a acariciarla.

—¡Así es! Sally pertenece a una señora que vive cerca de aquí. Y, lo más importante, Brooke, estamos seguras de que la primera impresión que nos diste, también estaba equivocada —expresó Jess.

—¿Qué quieres decir, Elizabeth? —preguntó Brooke sorprendida alzando la vista.

—No soy Elizabeth, sino Jessica. Fui la primera en pensar que eras la persona más desagradable y grosera que había conocido en mi vida. Es decir, con toda esa ropa perfecta, tu padre famoso y tu hermosa casa, sentí que tenías más que yo, pero a pesar de todas esas cosas, no habías aprendido a ser amable con quienes te rodean —confesó Jessica apenada por su comportamiento.

—¿Cómo pudiste pensar eso? ¡Eres tú la que tiene todo: una madre que te ama, un padre que siempre está cerca y, por si fuera poco, ¡cuentas con las simpatías de todos los compañeros de la escuela! ¿Qué más puedes pedir? —reprochó Brooke recargada en el marco de la puerta.

—¡Yo creo que todas ustedes tienen «los alambres cruzados»! —afirmó el señor Dennis acercándose a su hija y pasando su brazo sobre el hombro de ella—. Y, no son las únicas... Pasé tanto tiempo buscando los medios económicos que me permitieran darte una buena casa, que olvidé habitarla contigo; como también olvidé decirte lo mucho que te ama tu mamá —declaró el señor Dennis, mostrando su arrepentimiento.

—¿Qué quieres decir? ¡Mami nos abandonó! —recordó Brooke angustiada.

—Es cierto, lo sabes. Como también que tu mamá necesitaba tiempo para estar con su nuevo marido y el bebé. Pero, lo que ignoras, es que ella vendrá el próximo verano a visitarte. Sólo que quería darte una sorpresa. ¡Bueno, creo que ya tuvimos suficientes sorpresas el día de hoy! —afirmó el papá de Brooke tomando a su hija de la mano e invitando a las gemelas a pasar a la casa.

—¡Creo que no demasiadas! —exclamó Jessica alegremente.

—Tenemos una preparada para ti. Si quisieras venir a casa con nosotras... —suplicó Elizabeth de una manera tan sincera que nadie, ni Brooke, podría dudar de su honestidad.

—¡Está bien, Jess! Pero sólo a condición de que papá pueda ir también y me prometas que tendré una silla lo suficientemente fuerte para sentarme —exigió Brooke bromeando con sus amigas.

—¡Soy Elizabeth y esto es un trato! —corrigió Lizzie a Brooke.

—¿Cómo voy a poder identificarlas? —preguntó Brooke mirando a las gemelas.

—¡Aun nosotras estamos confundidas! El asunto de las trillizas nos perturbó muchísimo. Te aseguro que regresar a nuestra condición de gemelas será reconfortante —admitió Jessica.

Mientras tanto, en casa de los Wakefield, Caroline Pearce se encontraba atisbando a través de las cortinas de la sala. En cuanto vio a las gemelas, a Brooke y al padre de ésta, retrocedió y dejó escapar un grito de incontenible emoción.

—¡Rápido, muchachas! ¡Todos a sus escondites! —ordenó la chica.

Las gemelas pasaron a sus invitados al interior de la casa, la cual aparentemente estaba en calma. No bien habían entrado a la sala, cuando todo mundo salió de su escondite gritando con todas sus fuerzas: "¡SORPRESA!"

Era evidente el asombro de Brooke cuando fue rodeada por sus nuevos amigos, quienes le sonreían y la abrazaban uno por uno.

—¡No sé qué decir! —murmuraba asombrada Brooke a todos los presentes, mientras dirigía su mirada hacia los adornos de la sala, especialmente al pastel colocado en un lugar muy especial.

—¡No te preocupes! No estallará, pero nosotros sí lo vamos a hacer si no te apuras a cortarlo —bromeó Charlie con Brooke al tiempo que le ofrecía un cuchillo.

—¿Debo apagar las velas? —preguntó apenada Brooke a sus amigos que la rodeaban y quienes le acababan de interpretar una canción de cumpleaños, mientras Lizzie encendía cada vela colocada armónicamente en medio de una flor de merengue. Todos los jóvenes formaban un bello cuadro.

—¡Por supuesto! —respondieron a coro al tiempo que retrocedían para que Brooke pudiera tomar aire y apagar las velas de un solo soplido, como en efecto lo hizo.

—¡Tu deseo se cumplirá, Brooke! —vaticinó Jess, mientras quitaba las velas de las rosas.

—Te ayudaré a cortar el pastel, Brooke. No quiero que manches tu primorosa ropa —sugirió con amabilidad la señora Wakefield.

—¡Gracias, señora! Pero si me deja hacerlo por mi cuenta, tal vez pueda arruinar esta horrible ropa y así poder comprar algo más confortable —suplicó Brooke con mirada traviesa.

—¡Pensé que la ropa seleccionada por la señora Dubois era la más apropiada! —replicó el papá de la chica, quien fue el único que no sonrió con la broma hecha por su hija.

—¡Y lo es, papá! Ése es el problema. Esta ropa será elegante, pero nada agradable usarla —confesó Brooke abrazando de manera cariñosa a su padre y manifestando una alegría que nadie le había conocido en todo Sweet Valley.

—Mientras te compras ropa nueva, Brooke, Jessica te prestará gustosa algo de la suya, ¡incluyendo mis suéteres! —sugirió Steven desde el fondo de la habitación y modelando el suéter rojo que había prestado a sus hermanas para la broma tristemente célebre de las trillizas Wakefield.

Cuando ya todos se encontraban disfrutando el pastel servido por Brooke, ésta, por fin, tomó asiento para saborear su rebanada. Pero, al momento de ir a probarla, se acordó de alguien a quien sin pensar había omitido.

Saltando sobre sus patas traseras, Sally pedía su porción de pastel y participar en la celebración.

—¡No te olvidamos, Sally! Si Jessica y Elizabeth son lo suficientemente maduras como para disculparse, yo también puedo hacerlo contigo —expresó Brooke amablemente a Sally y le acercó un plato de cartón con una rebanada de pastel—. ¡Siento haberte juzgado mal, Sally! ¡Vamos a ser amigas! —dijo Brooke, ofreciendo su mano a la perrita, quien inmediatamente empezó a lamer el betún embadurnado en los dedos de la chica.

Dos horas más tarde, la fiesta terminó y mientras despedían a su último invitado, las gemelas sentían todo el cansancio del mundo; pero también se observaba la alegría.

—¿Sabes qué, Jessica? ¡Ésta fue la fiesta más hermosa que he visto, a pesar de haberla organizado nosotras mismas! —comentó Lizzie satisfecha.

—¡Claro que lo fue! Y lo mejor de todo es que ambas podemos ir a la escuela siendo nosotras mismas —agregó sonriente Elizabeth.

—¡Y, lo peor de todo, es que no hemos hecho nuestra tarea! —recordó Jessica a su gemela.

—¡Ay, no! ¡Nunca podremos limpiar todo este desorden a tiempo y así estudiar para el gran examen de historia! —exclamó Lizzie desesperada, observando los platos y vasos regados por toda la sala.

—¡Claro que lo tendrán! —aseguró el señor Wakefield—. Su mamá y yo integraremos una brigada de limpieza mientras ustedes dos inician su estudio —afirmó girando hacia Steven, quien apresuradamente huía hacia su recámara—. Y tú, jovencito, recuerda que hay una perrita para ser devuelta a su dueña a la mayor brevedad.

—¡Pero, papá! ¡Eso me gano por ser estudioso y terminar mi tarea a tiempo! —se quejó el joven tomando un taco con una mano y con la otra la correa de Sally, quien lo siguió dócilmente hacia la puerta de salida.

Hacía sólo unos minutos Lizzie había empezado su tarea, cuando fue interrumpida por los familiares toquidos de su hermana en su puerta.

—¡Hola, Lizzie! —saludó Jess y fue a echarse en la cama, ansiosa de comentar la fiesta. Se sentía demasiado emocionada como para concentrarse en la mitología griega.

—Jess, pienso que las cosas serán distintas para Brooke a partir de hoy —comentó Lizzie.

—¡Claro! Y la diferencia no va a ser sólo en la ropa —afirmó Jess.

—Mami y el señor Dennis sostuvieron una charla y él prometió tomar un descanso para estar con Brooke y decorar su casa —informó Lizzie, interrumpiendo su tarea para ir a sentarse junto a su hermana y continuar la charla.

—¡Es maravilloso!, ¿verdad? ¿No te sientes orgullosa de nosotras? —preguntó Jessica acomodando un rizo de su cabello rubio.

—¿Orgullosa? ¿Por qué? ¡Nosotras empezamos todo el problema!

—Pero si no lo hubiéramos iniciado, Brooke aún tendría un padre ausente y ningún amigo. Me pregunto si podremos tomar un acuerdo para ayudar a Mary también... —reflexionó Jessica brillándole sus hermosos ojos aguamarina.

—¿Mary? Mary Giaccio tiene toneladas de amigos y una casa fabulosa. ¿Qué ayuda puede necesitar? —inquirió Lizzie intrigada.

—No estés tan segura, Lizzie. ¿Te fijaste con cuánto gusto Mary ayudó a mamá? —observó Jess, abrazando sus rodillas sobre el pecho como siempre que reflexionaba.

—¿Qué tiene de malo?

—¡No es natural! Le pedí sus sugerencias para la colecta de fondos del club Unicornio y todo cuanto hizo fue alabar a nuestra mamá. Ya sabes, cosas como que era muy bonita, generosa y honesta. ¡Realmente, es muy raro! —comentó Jessica a su hermana, quien al principio pensaba que Jess bromeaba; sin embargo, al observar el gesto de preocupación en la cara de su gemela, comprobó que ésta no estaba jugando.

—Bueno, por si no te has dado cuenta, tenemos una mamá extraordinaria —replicó Lizzie.

—¡Seguro! Pero me parece que Mary también la tiene —aclaró Jess.

Elizabeth recordó a los esposos Altman. La amigable pareja eran los padres adoptivos de Mary. Poseían una hermosa casa y parecían muy amorosos en su trato con Mary, como si fuera su hija.

—Me cae bien la señora Altman —admitió Lizzie.

—¡Ése es el problema, Lizzie! ¿Por qué Mary nunca habla acerca de sus verdaderos padres? ¡Te apuesto que hay todo un misterio escondido atrás de esta familia! —insistió Jessica.

—¡Jessica Wakefield! ¡Lees muchas novelas de suspenso! Mary es una muchacha como cualquiera otra y tiene una familia perfectamente feliz —argumentó Lizzie a su hermana.

—Lizzie, si dejaras de soñar con esas tontas historias de caballos que acostumbras leer, seguramente podrías juzgar esta clase de problemas que te rodea —sugirió Jessica a su hermana gemela.

—Yo sólo sé una cosa acerca de las personas y los animales, querida «hermana menor»: ¡Algunas veces es mejor dejarlos solos en lugar de preocuparse demasiado por ellos!